世界文學
經典名作

# 化身博士

## DR. JEKYLL AND MR. HYDE

R · STEVENSON

R · 史蒂文生 著
楊玉娘 譯

# 譯序

當我們讀小說時，都能從中體會到很多的人生經驗。

我們每個人都只能擁有一種人生，因此，小說中的各類人物的各種人生，深深地吸引著我們，進而讓我們無以自拔……

至於偵探小說，名偵探捕捉真兇向謎底挑戰的魅力，在歷經各種困難之後終於真相大白，也會讓讀者沉迷其中。

小說裡的主角的生活方式，精彩的故事情節——在在和我們的日常生活大不相同，也往往會給我們意想不到的發現。

而在這種喜悅中，才能產生出——每天好好地生活的心情來，並且還能給我們勇氣——為精神的領域注入新活力

另一方面，小說家為了帶給我們讀者這樣的心情，於是就必須創造出充滿魅力的主人翁，以及精彩絕倫的故事情節。

平常所發生的事，實際上常會對我們的人生帶來重大的意義。所以我們不得不用眼睛仔細觀察，並更這一步地思考其意義。

但是，即使擁有再豐富的想像力，也無法無中生有。將現實事件和人物融合而成的作品相當地多。

據說，柯南道爾所創造的名偵探福爾摩斯，就是以他醫學院的恩師貝魯博士為藍本的。

擁有只要看病人一眼，便能得知基職業和經歷的觀察力的博士——的確不愧為是名偵探推理之主。

從城鎮醫者轉業為小說家的道爾，如果不是聯想到貝爾博士——那就無法創造出這與眾不同的偵探小說了。

另外以現實事件為藍本的作品還有耶德加・阿南・寶編的《瑪麗・羅傑之謎》。丹尼爾・笛福的《魯賓遜漂流記》也是以漂游到無人島的阿雷基尚坦的經驗為架構的。西奧多・德萊塞的《美國的悲劇》也是以殺人事件的新聞報導為素材。

＊

本書則是以「傑基爾博士和海德氏」（Dr. Jekyll and Mr. Hyde 1886年）為主人翁，來探討個人人格的雙重性以及社會的黑暗面。

一位住在英國耶第芭蘭的威利・布洛提，他是位以工會會長身分當選市識員的名人，但到了晚上他卻搖身一變成為一名小偷。他就這樣度過了十八年的雙面人生活，但在一次潛入女畫家家中時，被女主人看到了他的長相，而於一七八八年被判絞刑。

總之，同樣是在出生於愛丁堡的作家羅勃特・路易士・史蒂文生的筆下，這位鼎鼎大名的威利・布洛提復活了。

即使了現代本書也很得人們喜歡，它的內容並非在描寫這聳動的事件，而是以尖銳的筆觸來描繪出我們理想下的悲劇性人物。

我們人類的心本來就住著惡與善的本性，而傑基爾博士或許就是本能和理性的問題也說不一定。

＊

古代希腊哲學家伊比鳩魯曾說過：「如果你成善，首先要相信你的惡。」總之，各位一定要了解人性是本惡的。當然人性本善的說法也是成立的。而從紀元前哲學家們就已經思考，但至今仍想不通的東西——那就是人類、人類的心。而史蒂文生的奇異小說中的人們，所要表達的是對生活困難的控訴。至於本書除了譯成各國文字供各國讀者閱讀之外，還多次搬到舞台、電影中。「傑基爾博士和海德氏」這名字在今日便成了心理學家對擁有「雙重人格」的人的代名詞。

*

作者羅勃特・路易士・史蒂文生（Robort Lauis Stevenson 一八五〇～一八九四）是在英國蘇格蘭出生的作家，從少年時代開始就體弱多病。二十五歲時成為一名律師，但生意清淡，後來開始寫小說的他，在父親金錢資助下，前往法國和荷蘭旅行，進而發表旅行遊記。

但讓其聲名大噪的作品是《新天方夜譚》（一八八二）、《金銀島》（一八八三），但其於一八八六年發表本書時，一躍為最暢銷書，進而奠定了其屹立不搖的作家地位。
一八八八年三十八歲史蒂文生以帆船遍遊了夏威夷、薩摩亞群島及以南各島。不久之後便定居在薩摩亞群島中的歐寶露島。但於一八九四年四十四歲時因腦溢血去世。

# 目錄

# 第一章　門的故事

# 1．律師歐特森先生

律師歐特森先生長著一張其貌不揚的面孔，佈滿皺紋的臉上從來不曾因為微笑而容光煥發；言語枯燥，沈靜寡言，明明簡單的事情到了他的口中總會變得越說越複雜，而且非常不善於表達自己的情感或觀點；手長腳長，老是一副猥瑣落寞的陰沈相。

可是話說回來，卻也還是有他受人喜愛的地方。在氣氛和善的聚會裡，當口中的美酒投合脾胃之際，他的眼中自然迸射出兩道閃耀異常的人性光彩；那是在他言語應對之間從來不曾展現的東西，但在飽餐之後的臉龐上，一個個默默無言的表徵裡，卻不聲不響地自動流露出來，而在日常生活舉止中，更是頻頻明顯地出現。

他的為人律己甚嚴，刻苦自持；在獨處之時只喝以杜松子釀造而成的琴酒，至於個人雅好的葡萄美酒卻是絕口不沾；儘管喜歡戲院，距離最後一次跨進其中任何一家的大門也已有足足二十來年了。

相對地，他待人之寬、容忍的氣度之大，則值得廣受稱揚。偶而，他也會懷著幾近羨慕的心態，亟欲體會包藏於人們惡行當中的高度精神壓力。

此外，相較於譴責，他百分之一百二十傾向於選擇協助。

「我樂意相信該隱的異端邪說❶；」他常三天兩頭莫名其妙地說：「我聽任我的兄弟肆無忌憚地沾染惡習。」

正由於具備這樣的一種性格，歐特森先生每每有機會成為墮落沈淪之輩一生中結識的最後一位高尚人士，同時也是最後一個好影響。

只要他們正好走進自己的辦事處裡來，他對待這些人的言行態度絕不會有一絲一毫不同於平常。

無疑的，這樣的表面演出對於律師歐特森先生根本就是輕輕鬆鬆的小事一

❶ 該隱：亞當與夏娃之長子，殺害其弟亞伯的凶徒。

椿，因為他原本就是一個喜怒完全不形於色的人；就連友誼也似乎建立在同樣的寬大為懷、溫厚性情基礎上。

從機會之神手中手中接下現成的友好圈子，對於個性靦覥的謙沖之士而言乃是常情，而發生在律師身上的正是這種狀況。

他的朋友若非是自己的血親，就是不知已經相識多少年的人。他的情感猶如長春藤一般，與時俱增，瞧不出什麼特定的攀附對象。

是以，聯繫住他和理查・英費爾德先生的無疑正是這一條繫帶；對方是他一表八千里的一名遠親，也是城裡城外無人不曉的名人。這兩名男人彼此可以從對方身上看到不少相似處，或者發現許多共通性話題。

根據那些在他倆的禮拜日散步途中與之邂逅的人們傳言，當他或他乍見自己的好友身影出現眼前之際，兩人的反應都是一語不發，滿臉呆滯的遲頓表情，隨即如釋重負般地開口大聲招呼對方。

最重要的，他們兩人極端重視這一趟固定的漫遊，把它們視為一週裡面最值得珍視的大事，不僅謝絕出席娛樂場合，甚至不肯接受職業上的召喚，以便在不受打擾的情況下充分享受彼此的共遊之樂。

就在其中一次漫步裡，他倆偶然走到倫敦市內某個繁忙區域的一條支道上。那是一條人們所謂寧靜的小街，不過在平常非週日的日子裡，卻也是人來人往，生意十分活絡。

街道兩旁的居民日子看來都過得不錯，而且全都競相期望能過更好的生活，甚至賣弄似地將自家盈溢的穀物盡情展示出來；於是一家家店舖的門面便宛如兩排笑意盈盈的女店員，帶著殷勤招攬的姿態，整整齊齊羅列在街道的兩側。

即使到了禮拜天，小街鮮麗的容貌已蒙上一層面紗，走廊也在相形之下顯得空空盪盪後，只要與骯髒昏暗的鄰近地區互相做個對照，仍然覺得有如一把森林中的烽火，閃閃發出奪目的光芒。

它那一扇扇剛粉刷過的遮門與窗板，磨得光可鑑人的黃銅門牌，以及清新潔淨、鮮艷明亮的整體風格，瞬間擄獲過往行人的注意，令他們倍添賞心悅目之情。

在左手往東行進的方向上，自某個轉角算起的兩戶大門外，整排行列被一座庭院的入口給打斷；就在同一個地點，一棟外觀予人凶險印象的建築阻擋住此去的視線，臨街一側的山形牆並向前突伸出來。

那棟建築共計上下兩層樓，整個正面不見一扇窗戶，只在樓下那層存在一扇大門；至於上層則不僅門窗均無，就連一個孔洞也不見，只是一片褪了顏色、髒兮兮的牆；無論是從哪一個角度看去，都顯現出多年荒廢、無人照管，污穢不潔的跡象。既無門鈴又沒扣環的大門不僅已經變了色，更在日曬雨淋之中冒出一塊塊浮泡。

流浪漢們垂頭喪氣踅進它的壁凹裡，就著門板便劃起火柴；不少小孩在它的臺階上面擺攤做買賣；小學生利用它的嵌線來磨刀；將近整整三十年的時間裡，從未有人現身趕走這些隨意來去的過客，或者修復慘遭他們破壞的地方。

## 2．邪惡的神情

英費爾德先生與律師行走的路線是在街道另一側，但當兩人來到入口對面時，前者卻舉起他的手杖指指點點地詢問：

「你可曾注意到那一扇大門？」

等到獲得同伴的肯定回答後，他又緊接著說道：

「在我心中，它與某個十分詭異的故事間有著相當密切的結合。」

「真的？」歐特森先生語氣微微一變：「是什麼故事？」

「唔，是這樣的……」

英費爾德先生作了以下的回答——

時間是某個星月無光的冬天凌晨，大約在三點鐘左右，我正從遙遠世界盡頭的某處返回家中，途中必須經過城市的某一地帶，除了燈光，眼裡真的什麼也看不見。一條街道走過另一條街道，所有的人們都已經睡著——一條街又過另一條街，家家戶戶都燈火通明，彷彿是在迎接某個遊行的隊伍，偏又全都空盪盪的有如教堂一般——

直到最後，我終於陷入與那種不時豎起雙耳全神貫注聆聽，並開始渴望能夠見到一名警察之人同樣的心理狀態。

忽然間，我猛看見兩條身影：其一是名身材瘦小的男子，他正踱著僵直的步伐大步朝東行走；另外一人則是個大約八到十歲之間的小女孩，正拼了命似的邁動飛快的腳步狂奔過街。

噢，先生，這兩個人自然而然在街道的轉角處撞成了一團；然後——恐怖的情況發生了；

因為那名男子竟若無其事地從那個孩子身上踩過去，任由她倒在地上哀哀叫個不停。也許您光聽這樣說並不覺得很稀奇，可是親眼看到那幅畫面可真是慘不忍睹。

就好像踏過那個女孩身上的不是個男人，而是印度教的傳說裡頭那位專門送人升天的護持神❷。

我大喝一聲，緊急轉身揪住那名男士衣領將他拉起，小孩身旁已經圍了一群被她尖叫聲音引來的人。

那人態度冷靜，不做任何抵抗，只是狠狠地朝我瞪上一眼，那邪惡的神情頓時令我冷汗直下。

結果聚攏在女孩身旁的正是她的家人，不一會兒，她剛剛才去看過的大夫也出現在人群中。

## 3．惡魔之臉

喏，根據外科大夫說法，那小女孩子身體倒沒什麼大礙，只是嚇壞啦；您大概會以為這事到此就算告一個段落了吧？

然而，有件事情卻很邪門。我在第一眼看見這位先生時馬上產生一股強烈的厭惡感。小孩的家人也是；不過這倒也還是人之常情。可是大夫的表現卻不由得我不錯愕萬分。

此人外表平平，活像是個枯燥乏味的藥劑師，看不出特定的年紀，膚色也如你我一般，帶著濃濃的愛丁堡口音，情感卻似蘇格蘭風笛那樣容易起波瀾。喏，先生，他和我們其他人沒啥兩樣；每次這位外科大夫往我手中的「俘虜」瞪上一眼，我就瞧見他的臉上氣得一陣青一陣白，恨不得把那人給殺死。我明白他的心理，正如同他也明白我的心理一樣；殺人當然是想都甭想，因此我們選擇了次佳的處置方式。

我們告訴那人，這件事情我們可以、也一定會把它弄成一件醜聞；可想而知，如此一來他的名聲勢必將從倫敦頭一直臭到倫敦尾去。

就算他有任何朋友或聲譽，我們也會負責做到讓他全數喪失。在將事態推向

---

❷原文Juggernaut，為印度教三大神之一的護持神第八化身之神像。相傳在每年例節以車載此神像出遊時若能遭其輾死即可升天，故甘願為它輾斃的信徒甚眾。

熱烈激昂狀態的同時，我們隨時盡可能把在場女性和他隔開，因為她們全都像狂暴的角鷹一樣，張牙舞爪，對著他高聲叫囂。

那充滿恨意的一整圈面孔是我平生所僅見；該名男子站在場地中央，渾身散發出一股在凶惡中帶著輕蔑的冷漠態度——

在這同時，我看得出少不得也有幾分驚嚇——

但撇開這點驚嚇，先生，那人活脫脫是凶神惡煞轉世——

『假使你們真要選擇利用這場意外，』他說：『我自然只有徬徨無助的份。全天底下的紳士們都不想和人大吵大鬧；』

他說：『開價吧！』

好啦，我們強迫他拿出一百鎊來賠給小女孩的家人；這種條件他顯然不會樂意乖乖屈服，不過在我們大家一致的刁難之下，最後還是不得不認帳。

接著，下一件事情是要去拿錢。你猜他把我們帶到什麼地方？——當然是那扇門前……

猛然掏出一把鑰匙，匆匆走進了屋內，隨即拿著紮紮實實的十鎊金幣和一張支票回來。

那張支票上的金額補足了付給小女孩家的餘款，並註明可供持票人兌現。簽署人的名字在我這段故事中固然是幾項要點之一，但我不能提起。不過，至少他是一個遠近馳名、而且時常見諸報端的人物。那筆金額開得算是相當高了；但是只要支票上的簽名不是偽造的，那它本身的價值還要比金錢更高呢！

我很冒昧地向那位先生指出這整樁事情給人的感覺相當可疑，況且在現實生活中也不會有人凌晨四點走進一扇地窖門，出來的時候手中就多了一張別人的支票，上面金額還將近有一百英鎊整。

然而，他卻神態自若、一副把人看扁的神氣。

『別緊張！』他說：『我會和你一起待到銀行開了門，然後親自去將支票兌換成現金。』

於是，我們大家一塊兒出發，包括大夫、小女孩的父親、我們那位朋友和我自己，全守在我的辦事處裡度過下半夜，等到第二天吃過早餐後，再全體一塊兒趕到銀行。

我親自將那支票送進給櫃檯，並聲稱我有十足的理由相信它是一張假支票。『根本沒那回事！那是一張貨真價實的真支票。』行員理直氣壯地回答。

## 4．誰是支票的主人

「嘖！嘖！」歐特森先生嗟歎。

「看得出來你和我頗有同感。」英費爾德先生說道：「沒錯，這是個差勁的故事。因為我那人犯是個沒人能夠忍受的傢伙，一個真正該死的壞蛋；而開支票的卻不只是個坐擁金山銀礦的大富豪，而且名聞遐邇，還是（這一點更糟糕）人們口中的大善人。是勒索吧，我想；一個坦蕩蕩的君子在為他年輕時所幹的傻事付出昂貴的代價。是以，我將那扇門進去的房子稱做敲詐屋。只是，你曉得的，即使是那個名詞也還遠不足以解釋一切。」

他說著，隨即陷入沈思中。

是歐特森先生的聲音突然將他自緲遠的思緒中喚回。

他問：「而你不知道那開支票的人是否住在裡面，對不對？」

「看來確有可能，不是嗎？」英費爾德先生回答：「但我湊巧注意到他的住址；他住在某個交通便利的街區。」

「而你從未查詢過有關那——擁有該扇門的地方——詳細情況？」歐特森先生問。

「從來不曾，先生：我是個能夠將心比心的人，」對方如此答覆：到處問東問西的行逕抱持相當強硬的態度；問東問西和法庭審判幾乎無異於法庭問案。你開口說出一個問題，就譬如動手推開一塊石頭。你安安靜靜坐在山丘上；石頭向下滾動，推動其他的石頭；要不了一會兒工夫就會滾到人家的後花園，把個閉門家中坐、禍從天上來的溫吞傢伙給敲破了腦袋，緊接著他們全家就得急忙改名換姓了。不，先生，這是我的一項原則：外表看去越是可疑的地方，我就越不平白無故亂打探。

「同時也是一項非常好的原則。」律師表示。

「但從此以後我就開始私下研究這地方了；」英費爾德先生繼續說道：「它恐怕根本不能算是一棟房子。整幢建築總共就只有這扇門，而且除了我那段奇遇中的男主角會每隔很久很久現身一次，從來沒有人打從那一扇門出入過。上面那一層樓共有三扇開向庭院的窗口，下面這層一扇也沒有。三扇窗戶永遠關得緊緊的，不過倒是保持得很潔淨。另外還有一根經常冒煙的煙囪，可見裡頭勢必有人居住。不過這也不能說得太篤定；因為庭院四周有太多幢房屋密密包圍，很難看出哪裡是某家的盡頭，哪裡又是別家的開端。」

## 5．沉默是金

這對好友繼續相偕默默走了幾步；然後，「英費爾德，」歐特森先生開口：「那是你的一項好原則。」

「嗯，我也這麼認為。」英費爾德答道。

「但無論如何，」律師接著表示：「有件事情我很想問問：我想請教那名被撞倒的小女孩、在她身上踩的男子叫什麼？」

「嗨，」英費爾德先生說：「依我看說出他的姓名倒也無妨——是個姓海德的傢伙。」

「哦，」歐特森先生問：「他看上去是個怎麼樣的人？」

「很難形容他究竟是個怎麼樣的人。總之，他的外表有點不太對勁；有點讓人看起來很不快活，有點教人厭惡透頂。我從未見過一個這麼令自己反感的人，可是卻又根本不知是什麼原因。他一定有什麼地方長得很畸型；所以他給人一種強烈的醜陋感，只是我沒辦法特別指明究竟醜在哪裡。他是個相貌奇特的男子，然而我還是當真說不出他哪裡怪。不，先生，我沒那份能耐；我沒辦法形容他這個人。不是因為記不得；老實說，他的影像至今在我眼前仍是歷歷如繪。」

歐特森先生再度不言不語地向前走幾步，顯然是在極為認真地考慮著什麼，最後終於打破沈默：「你確定他當真使用鑰匙？」

「我親愛的先生……」英費爾德先生驚訝得一時說不出話來。

「沒錯，我曉得，」歐特森先生說：「我曉得你一定覺得有點古怪。事實上，我之所以沒有問你另外一人的名字，是因為我早就曉得了。喂，理查，你這套故事正好撞對了人說。假使你有任何講得不夠準確的地方，最好趁早更正。」

「我想我聽得懂您的提醒。」對方神情微　地回答：「但我所說的每一個字都完全依照事實；正如您所說的，非常準確。那傢伙持有一把鑰匙；更重要的，他到現在還擁有它。不過一星期前，我還親眼看到他在使用。」

歐特森先生沈重地歎口氣，絕口不再發出一語；而年輕的英費爾德先生不久即又恢復交談。

「這又是另一課教訓：沈默是金。」他說：「我為自己的長舌感到羞愧。且讓咱們就此說定：從此以後絕口不再提起這件事。」

「我由衷讚成。」律師附和：「我們來為這項協定握個手，理查。」

# 第二章 尋找海德先生

## 1．奇怪的遺書

那天傍晚，歐特森先生懷著悶悶不樂的心情回到他的單身住宅，食不知味地坐下來用餐。

這是他每個禮拜天的一套例行公式：吃過晚餐，緊依著壁爐旁邊坐下，攤開一冊枯燥無味的神學書籍往書桌上一擺，就這樣對看到鄰近教堂敲起十二點的鐘聲，這才神情莊嚴，滿懷感激地上床就寢。

而今晚他甫一脫掉身上的服裝，旋即又拿起一支蠟燭走向自己的辦公室。進去之後他打開他的保險櫃，從裡面最隱秘的角落裡，取出一份封套背面簽有傑基爾醫生遺囑字樣的文件，然後坐了下來，愁眉不展地細細研讀其內容。

那份遺囑全文皆是由傑基爾醫生親自執筆；因為儘管目前那已完成的文書是由歐特森先生負責保管，但在製作過程中，他卻始終拒絕提供任何一絲協助；遺囑的內容不僅規定在亨利•傑基爾醫學博士兼民法博士、法學博士、以及皇家學會榮譽會員……去世的情況之下，他的一切財產都將盡歸他的「朋友兼受益人」艾德華・海德所有，同時無論傑基爾醫生「在任何一段時期失蹤或無故不出現時間達三個月以上，」即應立刻由艾德華・海德不費吹灰之力地承襲亨利・傑基爾所有的一切。

除去尚需付幾筆小錢給醫生的家庭成員外，免除任何負擔或義務。

在律師心目中，這份文件始終是個礙眼的東西。

身為一名律師，以及生活中穩健與習以為常的愛護者，那些不切實際的奇思怪想對他來說無寧是一種唐突，大大得罪了他的為人。

迄今為止，對於煽動他滿腔憤慨的海德先生究竟是怎樣一號人物，他始終沒有半點概念；如今，在突如其來的一個機緣下，他終於曉得了。

當那名字只不過是別無其他資料可供瞭解的名字時，感覺已經夠糟了。

更糟的是，它竟開始與一連串惹人憎惡的形容緊密結合；撤除開曾經暫時迷惑他精確判斷能力的那一陣陣飄忽迷離、薄薄的霧紗，猝然躍上他眼前的，卻是一勾一勒、描繪得栩栩如生的惡魔形象。

「我原以為這只不過是瘋狂行徑，」他口中喃喃自語，將那份討人厭的文件放回保險櫃裡……「現在我開始擔心它是椿不名譽的事了。」

然後他吹熄蠟燭，披上大衣，開始朝著加文狄胥街區方向走去。

那裡不但是一座醫學上的要塞，同時也是他的朋友，偉大的藍儂醫生住家、及接見蜂湧而來的病患所在處。

「假使有人曉得箇中內情，那人必定藍儂。」律師心中是如此推估。

## 2．藍儂大夫

嚴肅的男管家認得律師，並且出來接待他。他遵照指示，毫不遲延地直接領著訪客來到餐室門口，藍儂大夫正獨坐其中，對著酒杯自飲自酌。

這名大夫是位滿面紅光、身強體健、個性熱忱、而且動作活潑敏捷的紳士，滿頭亂髮在這猶是壯盛的年紀已轉成銀白，行事作風剛烈而果斷。

一見歐特森先生，他從椅子上面一躍而起，伸出雙手歡迎他。乍見之下，這套懇切愉快的動作不免讓人感到有點誇張；然而它所曝露的卻是醫生真實的情感。

因為他們兩人本是多年的老友，也是同校、同一學院的大學同窗，更都是自己本身、以及對方道道地地的崇拜者；雖然不是時時刻刻相追隨，卻都十分樂意和對方往來。閒聊幾句之後，律師開始將談話內容導向盤據在內心之中那個極為令人不快的主題。

「我在想，藍儂，」他說：「你我兩人必定是亨利‧傑基爾最老的朋友了吧？」

「我真希望朋友年輕些！」藍儂醫生笑呵呵地回答：「不過依我看，應該沒錯。問這做什麼？我現在難得和他碰上一面嘍。」

「真的？」歐特森先生說：「我還以為你們興趣相投呢！」

「本來是的，」對方答道：「不過遠從十多年前開始，亨利‧傑基爾那滿腦子稀奇古怪的鬼點子就讓我無法接受了。他開始走入歧途；在心靈上走入歧途。雖然基於人們所謂的過去那份老交情，我自然還是繼續關心他的現況，但我明瞭、並已領教過那人魔鬼一般的概念。那種毫無科學根據的亂七八糟說法！」

醫生一張臉皮登時漲成豬肝色，他補充說道：「就算是生死之交也會因它而疏遠。」

醫生這陣小小的脾氣，反倒歐特森先生大鬆一口氣。

「他們只不過是在某個科學觀點方面意見不合罷了，」他暗自思忖；加上原本就不是什麼愛好科學之輩（除了在運輸工具問題方面），因此甚至又自以為是地認定：「那已經是最糟糕的了！」

他讓這位好友有幾秒鐘平心靜氣的餘裕後，才又進行他來這裡所準備提出的問題。

「你可曾遇見過他的一名被保護者——叫做海德的？」他詢問。

「海德？」藍儂複誦一遍那姓氏。「不，聽都沒聽過；打從我們還常見面那時期以來。」

# 3．人間惡夢

律師帶著這僅有的資料回到他的住處，躺在偌大一張昏昏暗暗的床上徹夜輾轉，直到微明的曉色漸漸大放光亮。

對於他那勞頓的心靈而言，這一夜是個不得安寧的夜晚。無數問題包圍在他周遭交相攻擊，將他困在伸手不見五指的黑幕中，艱苦奮戰，不眠不休。

教堂距離歐特森先生住處近得帶給他不少便利。在他依舊苦苦思索間，六點鐘聲已敲起。

在這之前，那問題始終只觸及到他理智的一面，但此刻就連他的幻想能力亦加入交戰，甚至深陷其中，不得解脫。

當他躺在窗簾密閉、漆黑如墨的房間裡面翻來覆去的同時，英費爾德先生的故事就如整卷燦燦發光的畫卷，一個畫面接著一個畫面，持續不斷掠過他眼前。

他意識到有座夜間城市亮起整片望眼無際的燈光；然後一條人影步履疾勁地走過；一名孩童自醫生家門飛奔而出；然後兩條人影會合，而那人身的護持神明不顧女孩的淒厲尖叫，逕自大踏步踩著她的身體往前走。

再不然他就看到某戶大富人家府邸的一個房間，他那好友嘴角泛著笑意，睡夢正香甜；這時房門忽地被推開，掩住床鋪的帷帳也被分拽向兩旁。

熟睡中的人被吵醒了；緊接著，哇！床頭站著一個人影並對他施加壓力。而即使是在那萬籟俱寂的一刻，他亦必然起身聽命於對方。

那個存在於這兩段畫面中的人影整整纏著他作了一夜的怪；無論何時，就算稍微闔上眼睛打個盹，亦只會看見他更加偷偷摸摸地溜過每一戶睡眠中的人家，或者以比神速更神速，甚至快到令人眼花的速度，穿梭過那整座燈火通明的城市範圍更大的迷宮，在每一處街角都踩扁一個小孩，任由她在原地淒厲地尖叫。

而那人影依舊沒有臉孔，令他無從辨識自己是否認得它；即使是在他夢境裡，它還是不見臉龐，否則就是一張令他茫然難以認清、在他眼前逐漸消失不見的面容。

於是，律師心中陡然迸現一股強烈的好奇，亟欲親自目睹活生生的海德先生廬山真面目。

這股強烈的好奇心並且急劇飆漲，幾乎到了毫無節制的地步。他心想，一如古往今來多數經過詳細檢視的玄秘事物，只要他能親見那人一眼，箇中奧秘自會解開一大半，說不定還能把整件事情就此收拾起來，丟在一旁不管。

或許他可以因此領悟他的好友為何會提供如此奇怪特權或約束（悉聽諸位欲以何者稱呼），甚至於為何會在遺囑之中立下那條令人驚愕的條款。

至少那會是張值得一看的面孔；一張毫無半點悲憫情操的面孔；一張竟然只要出現，便可令英費爾德那向來不易受外界因素所左右的心境，掀起一股久久不退憎惡浪濤的面孔。

從此以後，歐特森先生開始不時在店鋪小街上的那扇大門前出沒。大清早的上班時間前，正午生意正忙的時候，清淡時段，或者晚間在朦朦朧朧的都市之月面龐下，透過所有的光線，不管是在形單影隻或是人潮匯集的任何時候，人們總在律師精心選擇的崗位上看見他的身影。

「如果他是海德（躲藏）先生，」他心中暗暗想道：「那我就是錫克（找尋）先生。」❶

## 4．深夜的邂逅

最後，他的耐心終於得到了回報。

那一夜，天氣乾燥而清朗，空氣中夾帶著絲絲刺骨嚴寒，整條街道乾淨得有如一家大舞廳的地板；不因一絲風兒吹襲而搖曳的燈火，投射出一方整齊固定的光影交錯圖案。

---

❶ 海德原文Hybe與捉迷藏hide-and-seek中的躲藏原文hide同音，錫克原文Seek即為尋找之意。

將近十點，小街兩旁的店家已紛紛關門打烊，雖然來自四面八方的倫敦喧囂傳送到此仍留下低沈餘音，整條街道依舊顯得十分寂靜淒涼。

小小的聲響飄送老遠；家庭中的動靜亦鑽出牆壁，在道路的兩旁皆清晰可聞；而不管任何行人朝這方向走來，聲音總在許久之前便先鑽進他的耳膜。

歐特森先生抵達他的崗位駐守了幾分鐘之後，驀然意識到一陣輕巧而古怪的腳步聲漸漸靠近。

在夜間巡邏的過程中，他早已聽慣自一大片嚶嗡不清或嘈雜的城市聲響當中，突如其來自遙遠地方清晰地迸出來某人單獨行路的腳步聲，製造出來的懸疑古怪效果。

不過，如此敏銳而又明確捕捉住他注意力的現象，這卻是平生以來的第一遭；在強烈而執迷的成功預感下，他悄然沒入那座庭院的入口處。

腳步聲迅速拉近了距離，轉至街尾，忽然升高了音量。站在庭院入口處翹首期待的律師，馬上就能見到那個非得與其交手的對象究竟是如何一副德行。

那人身材瘦小，穿著十分普通，即使站在那麼遠的一段距離外望去，也令注視者的內心莫名奇妙陡然生出強烈的反感。

然而，他卻橫越馬路，直接走向大門以節省時間；來到門口，他就像個返抵家門的人一般，自自然然從口袋裡掏出一把鑰匙來。

歐特森先生自隱身處走出，在他通過面前之際拍拍那人肩膀：「是海德先生吧，我想？」

海德先生「呼！」地一聲倒抽一口冷氣，整個身體往後一縮。不過，他的恐懼瞬間即逝，雖然未曾正面迎視律師的臉龐，依然極其冷漠地應聲：「那正是我的姓氏。你想幹什麼？」

「我看見你正要進屋；」律師答覆：「敝人是傑基爾先生的一名老友——崗特街的歐特森先生——您曾聽說過我的名字；很幸運就這麼碰見您了，我想您大概可以容我進屋吧？」

「傑基爾先生不在家，你見不到他的。」海德先生邊答邊迅速將鑰匙插入孔中，緊接著冷不防地問聲：「你是如何認出我的身份來的？」

問歸問，卻依舊沒有抬起頭。

「相對的，」對方提出：「你可願幫我一個忙？」

「願意。」那人說道：「是什麼事情？」

「可否讓我看看你的臉？」律師要求。

海德先生躊躇片刻，然後，彷彿經過一陣飛快的盤算之後，帶著一副挑釁的姿態昂然與他正面相對；這兩人彼此瞬間不眨眼地直盯著對方細細打量一陣。

「現在我能夠再度認出你了，」歐特森先生說：「這或許會派上用場。」

「沒錯；」海德先生回答：「你我曾經碰面的事實也很有用。還有順便，你也該擁有我的地址。」說著，他報出位於蘇活區某條街道上的一個門牌號碼。

「老天！」阿徒生先生暗暗思忖：「莫非他也已經想到遺囑的事了？」但他並未流露出內心的感想，只是咕咕噜噜著領謝對方心意，記下那住址。

「好啦，」對方開口：「現在你可以說明到底是怎麼認出我的啦？」

「經由描述。」律師回答。

「誰的描述？」

「我們兩人擁有一些共同的朋友。」歐特森先生表示。

「共同的朋友？」海德先生呼應一聲，聲音顯得有些粗嘎。

「傑基爾，舉例來說。」律師說明。

「他從未告訴過你。」海德先生面紅耳赤，怒從中來，高吼著：「我沒想到你竟然會扯謊。」

「得了，」歐特森先生回答：「那可不是什麼適切的措詞啊！」

對方爆出一陣冷酷的大笑；須臾間在快得令人來不及反應的一連串動作中，打開大門，消失在屋內。

## 5．疑雲重重

被海德先生拋在門外的律師怔忡不安地靜立一小陣子，隨即慢吞吞地舉步走上街頭，每走個一或二步便頻頻以掌拊額，活像是百思不得其解的樣子。

那一路困惑著他智力的疑問，在層次上是道極高難度的習題。

海德先生膚色蒼白，身材有如侏儒般，外表看不出有什麼缺陷，卻予人一種畸型的印象：笑容惹人不悅，整體帶給律師的感受是種怯懦與膽大混合的凶殺犯特質；講話時候聲音沙啞，音量低微，而且斷斷續續。這一切特點固然他都很不喜歡，但即使把它們全加起來，也不足以解釋當歐特森先生注視著那人時，心中所產生那種直到現在還不知其所以然的憎厭、噁心與恐懼不安。

「一定還有他因素，」這位腦海裡頭迷迷茫茫的先生叨唸著：「一定還有；只差我找不到什麼名詞來稱呼罷了。老天保佑，那人看來似乎沒有半點人性！是某種原始的稟性吧？這樣說對嗎？或者是凶殘博士的老故事重演？抑或它僅僅是某種陰險精神的幅射，透過它的肉體發散異光，扭曲了原來的形貌？我認為那可能性極小；因為，噢，我可憐的哈利·傑基爾老兄，若說我今生曾經在某張臉上看到撒旦的印記，那無疑便是在你這位新朋友的臉龐。」

沿著街道轉角邊緣有座古老的街區，區內漂漂亮亮地矗立著一幢幢屋宇。

這些原本地位高不可攀的房屋如今大多都已跌落谷底，分割成一層層，或是以一組組套房的形式出租給形形色色、三教九流的人物；雕刻地圖模板的工匠，角色不清不楚的律師，建築工人，一些藉藉無名的公司行號所派遣出來的旅行推銷員，全都屬於承租者範圍。

然而其中一幢位於轉角第二家的宅第迄今依然完整地歸於一人所支配，大門也蓄足了富裕舒適的氣派。只是除去氣窗口，此刻的它已盡皆被吞沒在黑暗中。

來到這扇門前的歐特森先生停下了腳步，舉手敲敲門。前來開門的是一名衣著甚佳的中老僕人——管家布爾。

「布爾，傑基爾先生在家嗎？」律師探問。

「我去看看，歐特森先生。」布爾說著邀請訪客入屋，並把他帶到天花板低矮、感覺相當舒適的大廳。

此處地面舖著大石板，同時仿照鄉間房屋盛行的格式砌起一座開放式壁爐，火焰熊熊，帶動屋內的空氣顯得分外溫暖，此外並以數座價值不菲的橡木櫥櫃做為廳內的主要裝潢。

「請先在壁爐邊稍候好嗎？先生？或者要我幫您在餐廳點盞燈？」

「這兒就好，謝謝你。」律師說著走近壁爐，倚在高高的炭欄上。

管家退下之後，整座大廳裡就只剩下他一人。

這座大廳不僅是他那醫生朋友本人深深引以為得意，就連歐特森自己也經常把「它是全倫敦城內最可愛的一處空間」這句話給掛在嘴邊。

可是今晚他卻只覺得渾身毛骨悚然；海德那張嘴臉沈甸甸地盤據在他腦海；他感覺到（這在他身上是極難得一見的現象）一股對於人生的厭棄與憎惡；在憂鬱的心境下，望著爐火映在潔亮的櫥櫃壁上忽明忽滅的火光，或著陰影附著於天花板上不安的跳動，似乎都讓他觀測到一股威脅。

他深感慚愧：在見到布爾迅速返回大廳，宣稱傑基爾醫生出門去了的時候，自己竟然頓時鬆了一口大氣。

# 6．百思不解

「布爾，我看見海德先生從舊實驗室門進去了。」他說：「當傑基爾醫生不在家時，那樣做合適嗎？」

「相當合適，歐特森先生。」管家答道：「先生，海德先生有鑰匙。」

「布爾，你家主人似乎對那年輕人萬分信賴。」對方沈思著揣測。

「是的，閣下，確實如此，」布爾表明：「不過，我們全都受到指示要聽命於他。」

「我想我過去從未會見過海德先生吧？」歐特森問。

「喔，絕對沒有，閣下。他從來不曾在這兒用餐。」這位管家回答。「事實上我們很少在房子的這一側見到他；他多半是由實驗室那頭出入。」

「唔，那麼——布爾。」

「再會，歐特森先生。」

於是，律師懷著一顆異常沈重的心情，動身往回家的路上走去。

「可憐的哈利・傑基爾，」他暗想：「我真擔心他遇到什麼大麻煩！他年輕的時候很瘋狂；當然那是很久以前的事了；但在上帝的法律中，卻是沒有所謂時效限制的。唉，一定是那麼一回事；某樁陳舊罪行下的鬼魂，某個隱匿的不名譽事件之毒瘤：抓住你啦！在那記憶早已被遺忘多年，而自愛得足以令人寬恕其罪後。」

律師想到這裡心底發毛，思緒一時陷在自己的往事裡，搜索遍所有記憶的角落，惟恐偶一不然，打開蓋子即跳出一個小小的古裝人偶對他拳打腳踢。他的過去實在無可指責；很少有人能夠像他這樣細看自己一生中所扮演每個角色，而如他一般坦蕩蕩地鮮見惴惴不安之色；然而，在想到自己過去所犯的許多過錯時，他卻不免要滿面羞愧地把頭垂得好低，然後再想起許多自己差點去做卻幸而及時避免掉的事情時，又神情肅穆地抬起頭來，流露滿懷戒慎恐懼的感激。

接著，他的思緒回歸到原先的主題，腦中頓現一點希望的火光。

「這位海德大爺的一生若是經過詳細調查，」他心想：「一定也有他自己的秘密；由他的外貌看來，該是不可見人的秘密；只要和他那些秘密相互一比，就算可憐的傑基爾最惡劣的往事也會如同陽光般。眼前這種情況不能讓它再持續下去。只要想到這個傢伙像個小偷似的偷偷摸到哈利的床頭，我就會覺得從頭直冷到腳底；可憐的哈利，多麼驚人的甦醒啊！再說到這其中的危險；要是海德捉摸到那份遺囑存在的可能，他說不定會在等待繼承的過程中漸漸等得不耐煩起來。唉，我必須奮力協助這項計畫的進行——讓傑基爾允許。」

他喃喃地追加一句：「只要傑基爾同意。」

因為他再一次於自己的心靈之眼前，清晰得如同透明般，看見遺囑中那一條條莫名其妙的條款。

# 第三章 傑基爾醫生泰然自若

# 1．宴會之夜

兩週之後，絕佳的機會降臨了。醫生邀集五、六名知交故舊來到家中，舉行了一場愉快的宴會。在場個個都是聲譽卓著、聰明睿智的精英，也會是鑑賞美酒的道地行家。

歐特森先生由於心中懷有重大的計劃，因此在眾人紛紛告辭之後仍然刻意留下來。這是從前就屢次發生的情況，不算什麼初見的安排。

歐特森喜歡這地方；他非常喜歡。而東道主們也總愛在那些心情愉快、喋喋不休的客人們通通準備要走的時候，特意挽留下這位木訥寡言的律師。

他們喜歡在他謙遜的陪伴中小坐一會兒，實習孤獨寂靜的滋味；在他鄭重其事的沉默中，讓自己的心靈在歷經為營造歡樂氣氛所付出的辛勞和代價後，好好地清醒過來。

關於這項常規，傑基爾醫生也從不例外；此刻他坐在壁爐對面——

一名身材高大，體格結實，臉上刮得乾乾淨淨，年約五十開外男子；神色中帶著幾分狡黠，但整體上充分予人親切、能幹印象的男子——

你可以從他臉上表情之中看出他對歐特森先生真心真意、情份熱烈的珍視。

「傑基爾，我一直想找你談談。」首先開口的是律師：「你記不記得你那一份遺囑？」

當時他們身邊若有一名旁觀者，恐怕早已就此斷定那是一個不討人喜歡的話題；可是醫生卻成功地以一副愉快的態度面對。

「我可憐的歐特森，」他說：「你真倒楣遇到這樣一名委託者。我從未看過有人像你這樣因我的遺囑而飽受痛苦和焦慮煎熬；除非是那個頑固保守的土包子藍儂；他把那稱做是我科學上的異端邪說。噢，我知道他是個好人——

「你用不著皺眉頭——

「一個很棒的傢伙，我一直有意和他多多晤面；但無論如何，仍舊是個頑固保守的土包子；一個愚昧無知、華而不實的大草包。全天底下再找不到一個人比起藍儂更令我失望。」

「你知道我是從不贊成它的！」歐特森全不理會那個新話題，繼續抓著他的舊題目不放。

「我的遺囑？對，當然，我曉得。」醫生略略提高了聲調：「你告訴過我啦！」

「嗯，那麼我再告訴你一遍，」律師繼續往下說：「我得知一些有關海德那名年輕人的事。」

## 2．傑基爾醫生的忠告

傑基爾醫生那張英俊的大臉剎時變成一片青白，雙唇也失去了血色，眼部綻露出凶光。

「我不想再聽；」他說：「這件事情我想我們兩人都曾同意過不再加以討論。」

「我所聽到的內情，令人憎惡透了。」

「那份遺囑絕不容更改。你不瞭解我的處境。」醫生帶著前後極不連貫的態度回答：「歐特森，我的境況令人心煩；我的處境非常奇怪——非常奇怪。那不是一樁單憑談話就能改善得了的事情。」

「傑基爾，」歐特森說道：「你熟悉我的個性：我的為人絕對教人信得過。你不妨私下對我全盤托出這其中所有的秘密；我相信自己必定能設法讓你脫身。」

「我的好歐特森，」醫生答覆：「你真是太好心了，太、太、太好心了，我找不到任何言語可以充分表達我對你的感謝。我百分之百相信你；我願意把對你的信賴程度擺在世上所有的生存者之前；唉，甚至在我自己之前——

「如果我有選擇餘地的話；但事情其實不像你所想像的那樣；不到那麼糟；你只管安安心吧，我可以告訴你一件事：

「無論何時，只要我選擇撇開海德先生，我就能夠撇得開；這一點我可以向你保證。

「謝謝你，道不盡的感謝；另外我還有一句無關緊要的話要說，歐特森，我深信你必定會欣然接受：

「這只是件私事，我求求你就別再管它了。」

歐特森凝視著火堆，仔細考慮了一下，終於站起身來，回答說：

「我想你說得很對。」

「唔，不過我們既然談到這個話題，同時我希望是最後一次談到，」醫生接著表白：「有件事情我希望你能夠明白。我對可憐的海德真的非常關切。我知道你曾經見到過他；他告訴我的；我恐怕他的表現很失禮。不過我是真的打從心底十分、萬分關切那個年輕人；萬一哪一天我不在了，歐特森，希望你能答應我對他多擔待，同時確保他能夠得到他的權益。我想一旦你知道其中所有的內情，絕對會那樣做到的；假使你能夠答應，將會使我的心理減輕不少負擔。」

「我無法假裝自己這一輩子有可能喜歡那個人。」律師聲明。

「我不要求那麼多。」傑基爾把手搭在對方肩膀上，央求著：「我只要求公平；只要求等到哪天我不在了以後，你能夠為了我而幫助他。」

歐特森忍不住歎了口氣。

「好吧，」他說：「我答應。」

# 第四章　凱路遇害案

# 1．目擊者的證明

將近一年以後，在西元一八××年的十月那個月份裡，一樁凶殘無比的罪行震驚了整座倫敦城，加上被害人的身份地位崇高，更使得這件案子變得份外引人矚目。

整個案情十分簡單而駭人!!

一名獨居在離河不遠處的女傭在晚間十一點左右上樓就寢。

雖然午夜開始之後的最初幾個小時倫敦曾被一陣濃霧席捲，然而入夜之前的整個晚間天空卻是萬里無雲，而女傭窗口所面對的小徑亦被滿月的光華照得亮晃晃一片。

看來這名女孩似乎天生具備浪漫情懷；因為上樓之後她便坐到自己的衣箱上面，隨即陷入沉思默想的幻境裡，而那口衣箱正好就立在窗口下方。

從來沒有（在陳述這段經驗的過程中，她屢屢淚流滿腮地提到這四個字），她從來沒有像當時一樣對所有人類產生那般和睦之感，或者對整個世界懷抱那樣親切的想法。

正當內心思緒如此綿綿渺渺地坐在窗口之際，她不知不覺注意到有位白髮蒼蒼、儀表瀟灑的老紳士正沿著小徑漸漸走近；而從另外一個方向快步趨前與他交會的，則是位一開始時她並不怎麼留意、身材十分瘦小的先生。

當這兩人走到交談距離之內（位置剛好就在女傭的視線下），年長那位立即欠身為禮，並以文質彬彬、極為客氣的態度向對方搭訕。

感覺上，他所講述的似乎並不是什麼非常重要的話題；其實從他指指點點的手勢看來，有時倒覺得好像只是在問路；

不過，當他說話的時候月光正好照在他臉上，看在女孩眼中感到好舒坦，彷彿從他口中吐露的言詞不僅僅一派純真，而且帶著一股老式的親切味道，同時卻又像是出自某位很有理由自滿自足的人士之口，散發幾許超然的感覺。

不一會兒，她的視線飄向另一人身上，驚訝地認出那人毫無疑正是曾經一度拜訪她主人、並且令她從此對他產生厭惡感覺的海德先生。

他的手中拿著一支沉重的手杖把玩著，但是對於老者的談話卻回應也不曾回應過一聲，而且似乎聽得非常不耐煩。

緊接著，那人突然轉眼之間變得暴跳如雷，猛跺腳步，舉起手杖劈頭劈臉亂揮，表現得和瘋子沒有兩樣（根據女傭描述）。

老先生在一臉錯愕之餘，臉上還帶著一絲絲委曲，腳底亦同時踉蹌倒退了一步；相對的，海德先生的反應卻是一時之間完全失去控制，猛力揮棒，把對方給打倒在地上。

眨眨眼，他又已經腳踩他的受害人，兩隻拳頭如狂風暴雨一般落下。

在急驟的拳打腳踢過程中，耳裡清晰可聽到了骨頭碎裂、以及屍體彈落鐵道的聲音。而女傭就在耳聞目睹這一幕幕恐怖畫面、一陣陣駭人聲音的驚嚇中昏倒過去了。

等她甦醒過來並打電話報警時，時間已經是午夜兩點。

犯人早已揚長而去，可是喪生在他暴行之下的受害者卻躺在巷子中央，全身血肉模糊，令人見了不敢相信自己的眼睛。

至於行凶所用的棍棒，雖然是由一種極為粗糙、罕見、而且沉重的木料製成，卻也在這無情的暴虐行動結結棍棍的壓迫力下，從中心一斷為二；其中半截碎裂的木棍已經滾進附近水溝裡——另外半截，毫無疑問，是被凶犯帶走了。

警方從被害人身上找到一個錢包和一枚金錶；不過沒有名片，也不見任何的個人資料，只有一個已經封緘、並且貼好郵票的信封，上面寫著歐特森先生的姓名和地址，很有可能是正要帶去投郵的。

## 2．停屍間

這封信在翌日早晨，律師尚未下床以前送達他手上；剛剛看見信件，聽完整個事件始末，他立刻緊抿雙唇，露出一臉凝重的表情。

「我要等到看過屍體之後才能發表意見。」他說：「這件事情也許非常嚴重。拜託你請稍候一下，容我先行更衣。」

隨即帶著同樣沈重的神色匆匆吃完早餐，驅車趕往警局，受害人的遺體已經被運往局裡。

他才剛一走進小小的停屍間，立即輕輕點了兩下頭。

「不錯，」他表示：「我認識他。很遺憾的，這位先生是丹佛斯．凱洛爵士。」

「天哪！先生，」警官驚叫：「可能嗎？」

隨即眼中精光一閃，露出勃勃的職業雄心。

「這一定會造成喧然大波。」他表示。「還有，或許您可以協助我們抓到凶手。」

接著他簡單扼要地敘述一下女傭所看見的經過，並且展示那半截斷棒。

歐特森先生一聽見海德之名整個身體就已經不由自主地一縮；但等到警官把棒子往他面前一擺，他就再也沒有疑問了；

儘管它已經斷掉一半又被敲得面目全非，他還是認出那正是他在好幾年前送給亨利・傑基爾的禮物。

「這個海德先生可是一名身形矮小的人？」他詢問。

「矮小得出奇，同時相貌也邪惡得出奇；這是那位女傭對他的形容。」警官描述。

歐特森先生沉思半晌；然後抬起頭。

「如果你願搭乘我的馬車隨我走，」他表示說：「我想我可以帶你到他的住處……」

## 3．濃霧

當時時間約在早晨九點，也是那個季節每天起第一陣霧的時間。

一大張陰陰暗暗的巧克力色幕帳從天而降，然而風卻不斷吹襲，打亂這些佈好陣仗的水蒸氣；

因此，那馬車緩緩從一街爬到另一街的同時，歐特森先生便看見色度、明度各自不同，種種變化之多、層出不窮的微光；因為在此處，它會幽暗得有如秋天的暮色；

到了彼處，它又展現出深濃、詭異的棕光，恰似一場無名大火的光芒；到了這裡，那煙霧又一下子散得支離破碎，於是一線細細的天光便宛如曇花展顏，在兩圈飛快施繞的霧氣之間乍然一現。

在這瞬息萬變的天色中，蘇活區景象陰沉的部分容顏出現在眼前，泥濘不堪的街道，骯髒兮兮的遊民，加上滿街滿區的燈火。

這些燈火從來不熄滅，否則便馬上被更新、點燃，以便擊潰黑暗陰陰慘慘的侵襲。

在律師的眼中，它就彷彿是隸屬於某座城市之中，深陷夢魔而無法掙脫的一片區域。

除此之外，他滿腦子裡的思緒都沾染上最陰鬱的色彩；而在流目一顧同車的夥伴之際，更在某些程度上，猛然意識到法律以及執法人員的可怕；有些時候，連他也有可能遭到他們最毫無保留的盤詰。

就在車子漸漸駛近地址上所指示的地方前，濃霧稍稍往上升。歐特森先生眼前看到一條昏暗的街道，一家豪華大酒館，以及一間低低矮矮的法國飲食店，一家專門零售些一便士商品、兩便士沙拉、還有雜燴的小店。許許多多衣衫襤褸的小孩擠在各家大門口，許許多多不同國籍的婦女手中拿著鑰匙，出來看看早上的天色。

旋即，濃霧再度籠罩該區，顏色深得有如赭土，阻斷了他對周遭這一整片低俗環境的觀察。

此處已到那最受亨利・傑基爾愛護之人的住家；一個將要得到二十五萬英鎊財富的繼承人。

一名白皙膚色、滿頭銀絲的老嫗前來開門。她長著一副經過刻意修飾之後才顯得比較光滑柔順的面目五官，不過態度卻是非常好。

是的，她如此回答道，這的確是海德先生的家，但他此刻不在；昨晚他三更半夜裡回來過一趟，可是不到半個小時就又走了；那一點也不奇怪；他的生活習慣很不正常，而且經常不在家；比方說，一直到昨天以前，她已經將近整整兩個月沒見到他的人影了。

## 4·搜索

「很好，那麼我們希望能瞧瞧他的房間。」律師要求。

當那婦人開口稱那是不可能的以後，

「我最好對妳說清這位先生的身份；」他立即補充說明：「這位是倫敦警察廳的紐卡曼檢察長。」

老嫗臉上浮現一抹令人憎厭的喜色。

「啊！」她嚷道：「他惹上麻煩啦！他幹了什麼好事？」

歐特森先生和檢察長互相交換一個眼色。

「看來他似乎並不是個怎麼受歡迎的腳色。」後者如此評判。

「好啦，現在我的好夫人，就讓我和這位先生四下看看吧！」

環顧整幢房屋，除了老婦的用品之外，裡頭到處空盪盪一片；海德先生只使用到其中兩個房間，但是這兩個房間裡面卻佈置得相當豪華，品味也非常高級。

一座擺滿醇酒佳釀的櫥櫃；純銀打造的器皿，以及花色優美的桌巾；一幅好畫高掛在牆頭，是本身身為優良鑑賞家的亨利・傑基爾餽贈（據歐特森揣測）的禮物；

地毯質地細密，顏色也十分高雅。

然而此時此刻，兩間房內卻都佈滿了剛被仔仔細細徹底搜索過的痕跡：地板上的衣物胡亂放置，口袋全都被翻了出來；牢牢鎖住的抽屜被打開；火爐裡頭舖著一層夾燼，彷彿才剛燃燒過大量紙張。

從這些餘燼中，檢察長翻檢到浴火之後依然殘存的一本綠色支票簿碎屑；另外半截棍棒則被發現擺放在門後；

警官宣稱他很高興，這項發現證實了他的懷疑。

造訪銀行之後，他們得知凶犯的帳戶內被存進好幾千英鎊，使得他的滿足感更增進至了無缺憾的程度。

「閣下，您鐵定可以放一百二十個心，」他告訴歐特森先生：「那人已經成為我的囊中物啦。他一定是昏了頭啦，否則就絕不會留下那截棍棒；或者，更重要的，不會燒掉那本支票簿。嘿，金錢可是人的性命哩！我們什麼事都不用做，只消守在銀行等著他，然後拿出傳票就行了。」

然而，這最後的一次行動卻不是那麼容易執行；因為熟悉海德先生的人數屈指可數——就連那名女傭的主人也才只見過他兩次；他的家族無跡可尋；從來沒有人為他拍過照片；而少數幾名能夠形容他長相的人彼此的描述又相當分歧，和一般普通的觀察的成效並沒有兩樣。

這些人唯一一致同意的觀點是：該名亡命徒身上有股言語難以表達的畸型感，時常浮現在看過他的人們腦海之中揮之不去，留給他們深刻的印象。

# 第五章　海德的書信

## 1．傑基爾醫生的實驗室

歐特森先生抵達傑基爾醫生住處的大門口時，已經是午後接近黃昏。

布爾立即請他進屋，引導他行經一系列的廚房、餐具間、食物儲藏室等等，穿過一座曾經是花園的院子，來到一棟平常通稱為實驗室或是解剖室的建築。這幢房屋是由醫生本人購自某著名外科大夫的繼承人們之手，再加上他本身對於化學的喜愛遠超過解剖學，因此也改變了該棟樓房原本屬於花園基部的預訂功用。

這是律師首次被接待到他朋友寓所的這一部分；他好奇地打量著那昏昏暗暗、沒有半扇窗子的建築，在走過手術室的同時，懷著一股很不自在的討厭感覺左顧右盼。

這曾經一度擠滿了狂熱學生的所在，如今只見滿目的寂靜荒涼。

桌面上擺設著一具具化學儀器，地面下則散置著一口口板條箱，並七零八落地丟棄著不少捆紮用的麥楷。光線穿過朦朦朧朧的圓形屋頂，依稀彷彿灑落到室內。

走到盡頭，爬上一段階梯，來到一扇覆蓋紅色厚羊毛氈的門前，通過這道門，歐特森先生總算被接待進醫生的私人房間。

那是一個四周有玻璃門面櫥子環境的大房間，除了其他種種物品之外，特地佈置了一面穿衣鏡和一張辦公桌，同時還有三扇圍著鐵欄杆、佈滿了灰塵，可以對外俯瞰庭院的窗子。

壁爐裡頭生著火，爐架上面點著一盞燈。因為即使是在戶內，霧氣也開始漸漸濃起來。而緊臨著溫暖的爐火旁邊，傑基爾醫生正懨懨無力、面色蒼白如紙地坐在那裡。

他並沒有起身迎接賓客，只是伸出一隻冷冰冰的手，以不同於平常的聲調向他問候。

「好啦，」布爾一退下之後，歐特森先生馬上開口：「看來你已經聽到消息囉？」

醫生渾身發抖。「街區那邊好多人都在大呼小叫地嚷嚷，」他回答：「我在我的飯廳裡聽到了。」

「一句話！」律師表明：「凱洛是我的委託人，不過你也一樣；我希望瞭解自己該採取什麼行動。你還不至於瘋狂到藏匿這個傢伙吧？」

「歐特森，我對上帝發誓，」醫生高呼：「我對上帝發誓見都不再見他一面。我以我的名譽向你保證，我和他在這個世界上徹徹底底完蛋了；一切都結束了。還有，其實他根本不需要我幫助；你不像我這樣瞭解他；他很安全，非常非常安全；注意聽我說，世上再也不會有人聽到他的音訊了。」

律師悶悶不樂地聽著；他不喜歡他的朋友這般熱烈激昂的態度。

「你對他似乎很有把握，」他說：「為了你好，我希望話能應驗。假若說這件事情當真上了法庭的話，你的名字很有可能會被提及。」

「我對他有百分之百的把握；」傑基爾答稱：「我有不能同任何人分享的根據可以篤定確信。不過，有件事情也許你能夠提供我一點建議。我——我收到一封信；而我實在不曉得到底該不該把它拿給警方看。我很願意把它交由你來做決定，歐特森；我深信你一定會做出明智的判斷；我對你信賴萬分。」

「唔，我想你大概是擔心這會導致他的行跡被人查獲吧？」律師探問。

「不，」對方回答。「坦白講我恐怕並不怎麼在乎海德的下場；我和他之間徹底結束了。我考慮到的是自己的形象在經過這樁討厭的事件後，已經完全曝露無遺。」

歐特森反覆地思考之後，認為——好友的「變臉」固然令他至感驚詫，卻也同時大大鬆了一口氣。

「好吧，」片刻之後，他開了口：「先讓我看看信的內容。」

信件上簽署著「艾愛華・海德」之名，筆跡古怪，字母個個直立。

信中內容十分簡單扼要地表明請他的恩人——長期以來始終對他慷慨寬大，卻一直未受到應有回報的傑基爾醫生——千萬，用不著為他的安全提心吊膽，因為他自有個人相信絕對牢靠的方法可以逃脫追捕。律師對於這紙書信的內容相當喜愛；它似乎為他原先料想下的隱衷，賦予較為美好的真實面；歐特森先生心底暗暗責備自己過去的某些猜疑。

「信封在你手邊嗎？」他詢問。

「我在還沒想到因應之道以前，」傑基爾答稱：「就把它給燒了。不過上面沒有郵戳。這張短箋是用手遞的。」

「這張信能不能交給我，等到明天再做處理？」歐特森問。

「我正巴不得你能替我做全權判斷，」對方如此回答：「我對自己已經完全失去信心了。」

「好吧，我會考慮，」律師答覆：「還有一件事情：你遺囑裡面關於失蹤以後要如何如何那些條文，是在海德的唆使下立的嗎？」

醫生彷彿一時頭暈目眩，快要昏倒似的，緊閉著雙唇、點點頭。

「我懂了，」歐特森推論：「他打算謀殺你。你僥倖逃過一劫。」

「何止如此，還多著呢！」醫生鄭重地回答：「我學到一課教訓——噢，天哪，歐特森，我學到多麼嚴重的一課教訓啊！」一時之間，他雙手掩面。

臨出大門前，律師暫停腳步，與布爾略事交談二一。

「順便問句話：」他說：「今天有人遞交一紙書信過來。送信的是個什麼樣的人？」

可是，布爾卻十分篤定除了郵差送來的郵件，家裡並沒有收到任何東西。

「而且郵差送來的也只是些傳單而已。」他補充一句。

## 2・誰的筆跡？

這項臨別的消息使得律師所有的不安、疑懼全數重回腦海。

很顯然，那紙信箋是經由實驗室大門送進屋內；事實上，很有可能就是在那間私人房間裡頭寫成的；果真如此，一切評斷勢必會截然不同，而且必須採用更加謹慎的態度來處理。

回家途中，報僮們一路扯著沙啞的嗓門沿人行道叫賣：

「號外！號外！淒慘駭人的國會議員謀殺案！」

號外上的內容是對於他那好友兼委託人的追悼；歐特森律師忍不住憂心忡

忡，深怕另一個美好的名字會被捲入這樁醜陋暴行的漩渦裡。

至少，有個相當棘手的問題必須由他做決定；而縱使素來自恃如他者，此刻也不免開始渴望聽到別人的忠告。

不是當面要求；但也許，他暗暗想著，也許可以憑著什麼手段迂迴取得。沒有多久工夫，他已端坐在自家壁爐的一頭，與他對面而坐的，是他的首席助理蓋茨先生。在他倆之間，經過一番仔仔細細估算過與爐火相距最合適的距離以後，擺上一瓶歲月悠久，蟄居於他家屋基多年不見天日的陳年老酒。

整座城市的半空依然懸浮著凝然靜止的漫天大霧，城中萬家燈火，盞盞泛出微光，恰似一粒一粒的紅寶石，在這層層低垂的霧靄圍繞、消音作用下，城區的生活進程仍舊挾帶著一股如同狂風般的聲勢，衝破重圍，源源不絕地在大動脈裡翻滾、奔騰。

然而，房間裡的氣氛卻正因熾烈的火光而趨向活絡。

瓶子中的酒酸早已被分解；正當數扇彩繪窗戶以內的色調漸漸濃鬱的同時，烈焰映著醇酒那怵目驚心的艷麗也隨著時間柔和下來；山坡上，一片片葡萄園裡，火紅奪目的午後秋光即將被釋放，好趕走那一團團強行佔據倫敦的霧氣。

不知不覺間，律師焦慮的心情也被融化了。在所有人裡面，他就屬對蓋茨先生最難得保守秘密；而且就算原本打算對他守口如瓶的事，恐怕有些最後都還是告訴他了。

蓋茨常常因公到醫生家辦事，也認識他家的僕人布爾，照理說他應該不可能沒聽說過海德先生對那棟房子熟門熟路的情形；

他應該能做出某些推論：如此說來，讓他看看一張有助於針對那件神秘之事理出一些頭緒的信，不也是非常合情合理嗎？

更重要的是，身為一名了不起的書法研究者兼評論家，蓋茨會不會認定那是一種出於書寫者自然，而且必然的筆法？

除此之外，這位助理更是一名很能提出忠告的好人才；他不太可能靜靜看完如此怪異的一紙文書，卻連一個評論都沒有；

而也許根據他那個評論，歐特森先生就可以具體擬訂自己未來的做法了。

「丹佛斯爵士的事情真令人悲哀。」他首先說道。

「是的，先生，的確如此。這件事大大引起民眾的同情和憤慨。」蓋茨回答：「那兇手，無疑是瘋啦！」

「我很想聽聽你在關於這一點上的看法。」歐特森回說：「我手上有一張他親筆所寫的書信；這件事只限於你知我知；因為我簡直不知道該怎樣因應；這是一樁全世界最醜陋的罪行。不過信已在此；在這方面你經驗非常豐富：一名凶殺犯的親筆信函。」

蓋茨兩眼陡然一亮，立刻懷著滿腔熱情坐下來細細研讀。

「不，先生，」他表示：「這筆跡並不瘋狂；不過挺古怪。」

「而且下筆者據聞正是個極為古怪的傢伙。」律師補充。

就在此時，僕人送了一張短簡進來。

「是傑基爾醫生捎來的吧，先生？」助理詢問：「我應該認得這筆跡。是私人秘件嗎，歐特森先生？」

「只不過是張餐會的邀請函。為什麼問起這些？你想看一看嗎？」

「一下就好。謝謝你，先生。」助理將兩紙書信並排擺放，小心翼翼地逐逐字比較。

「謝謝你，先生。」他終於開口，同時歸還那兩紙書信：「真是非常有趣的一份親筆函。」

歐特森先生內心交戰了好半嚮，這才終於下定決心。

「你為什麼把它們拿來比較，蓋茨？」他猝然詢問。

「唔，先生，」助理答覆：「它們之間酷似的程度令人驚奇；兩張書信的筆跡在很多特徵上都完全一致；只有斜度不同而已。」

「相當奇怪，耐人尋味。」歐特森先生反映。

「的確，正如您剛才說的，相當奇怪而耐人尋味。」蓋茨回答。

「你知道，我不會對外提及這張短箋。」僱主示意。

「是的，先生，」助理表示：「我明白。」

可是，當晚等到眾人都已離去後，歐特森先生即馬上將那張短箋鎖進自己的保險櫃裡，令它從此以後靜靜躺在那裡安息。

「唉哎！」他暗自慨歎：「亨利・傑基爾竟然替一名凶殺犯偽造文書！」他渾身像僵住了似的。

# 第六章　藍儂醫生的死

# 1．意料之外的事

時光飛逝；當局提出的懸賞金額高到好幾千英鎊；因為丹佛斯爵士之死已經被視為一種對於整個國家的侮辱，惹起極大的憤恨；然而海德先生卻像從來不曾在這個世間存在似的，脫出警網，就此消失得無影無蹤。

事實上，有關他的過去大多極端離奇，而且樁樁件件不名譽；由他那血腥暴行引發出來的流言，一律充滿冷酷與暴力；

有的提到他卑賤寒微的出身，有的說出他所交往的一些奇奇怪怪夥伴，還有的論及彷彿自他出生便從小到大環繞在周遭的恨意；但關於目前他這個人的下落，卻完全聽不到半點風聲。

自從命案發生那天凌晨他離開了位在蘇活區的住宅之後，海德先生整個人就從此消聲匿跡了；

而慢慢地，隨著時光流逝，歐特森先生的情緒也開始從高度警戒之中逐漸恢復正常。

在他想法中，丹佛斯爵士的死亡既然能換來海德先生以失蹤做為代價，其實也就非常值得了。

如今那邪惡的影響力已完全退離，傑基爾醫生也就此展開新的人生。他不再隱居深宅，重新恢復與朋友之間的往來關係，再一次成為他們熟悉的座上佳賓或是款待者；

在一向為人稱道的扶弱濟貧之外，如今他對宗教的虔誠熱衷亦是大有名聲。他非常忙碌，時常出現在公開場合，並且廣做善事；他的臉色彷彿是在經過對於服務奉獻的一番自省自覺之中，顯得格外溫和愉快起來；

在整整兩個多月的時間裡，醫生的日子過得非常安寧。

元月八日，歐特森和一小群客人在醫生家聚餐；藍儂醫生也在場；宴會主人的臉龐頻頻注視藍儂或他，就像往日三人結為無法拆散的密友時期一樣。

到了十二日，接著是在十四日，律師在醫生的住宅前面吃到閉門羹。

「醫生整天足不出戶，」布爾表示：「而且不見任何人。」

十五日那天他又試了一回，還是再度遭受到回絕；過去兩個月來已經習慣幾乎天天和他老友見面的歐特森律師，這會兒覺得走在回程的路上心情份外沈重孤寂。

第五天晚上他約了助理蓋茨來家共餐；

第六天，他特地跑到藍儂醫生家一趟。

在那裡，他至少沒被擋在大門外；可是等到進屋之後，卻又立刻為這幾天來醫生在外表上的變化感到震驚萬分。

他的臉上清清楚楚寫明已經接到死亡的通知。一向紅光滿面的他此刻卻面如槁灰，臉上的肌肉全都凹陷下去了，一眼望去就可以明顯看出已經禿了許多、也蒼老許多；然而首先擄獲律師注意力的，卻還不是這許許多多生理上迅速衰老的徵兆，而是在他的眼神裡，言行舉止之間，在在流露出某種特質，彷彿表明了心理上某種根深蒂固的恐怖。

照理說，藍儂大夫不太可能怕死；然而，他的態度卻誘使歐特森不得不如此懷疑。

「不錯，」他心想：「你是個醫生，他一定瞭解自己的狀況，曉得自己剩下的日子屈指可數；這份體認遠遠超乎他所能承受的範圍。」

且就在歐特森眼裡望著藍儂那副孱弱病態，心底暗自評論的同時，醫生親口帶著極為肯定的口吻，宣稱他是一個離死期不遠的人了。

「我受到一大驚嚇，」他說：「而且永遠無法復原了。時間只在早晚幾個星期而已。唔，生命一向是那麼令人愉快；我喜歡它；是的，先生，我向來喜歡。有時候我會認為假使我們全盤瞭解後，便將會更樂於離開。」

「傑基爾也病了，」歐特森說道：「你見到過他嗎？」

可是，藍儂聞言臉色卻為之大變，舉起一隻抖動個不停的手來。

「我但願再也不要看見傑基爾醫生或是聽到他的消息了。」他扯著嗓門，語調顫抖地說：「那個人我和他之間徹徹底底完啦；我求求你饒了我，永遠不要再在我面前提起一個被我視為已死之人的任何事。」

嘖！嘖！歐特森先生驚奇；接著在一陣不算短暫的沈吟之後，「我能不能幫上什麼忙？」他詢問：「藍儂，我們三人是很老很老的朋友了；有生之年，我們不可能再交到像這樣的朋友。」

「什麼忙也幫不上；」藍儂回道：「問他自己去吧。」

「他不肯見我。」律師說。

「我一點也不意外。」對方如此答覆。「有一天，歐特森，在我死掉之後，也許你會有機會明白整件事情的是非黑白。我不能告訴你。而此時此刻，倘若你能坐下來陪我聊聊其他事情，那麼看在老天爺份上，坐下來陪我聊會兒吧；但假使你硬是要扯到這個該死話題的話，奉上帝之名，請走吧！因為我無法忍受。」

歐特森一回到自己家中，馬上坐下來提筆寫信給傑基爾，抱怨他終日避居家中，孤芳自賞，同時詢問和藍儂鬧到這樣不快、甚至絕交的原因。

隔天他所收到的是長長一篇的回函，其間大半使用一些可憐兮兮的措詞，但偶爾也會見到某些諱莫如深的語調。與藍儂之間的爭吵是無可挽回的。

「我不怪咱們的老友，」

傑基爾寫著：

「但我同意他的看法，彼此永遠不再見一面。從今而後，我打算過著極端避世離俗的生活；倘若我的大門就連對你也時常緊閉，請千萬不要驚訝，也絕對不要懷疑我的友誼。

「你必須忍受讓我走我自己陰暗的道路。我替自己招來一頓懲罰，同時也惹出一場無以名之的危險。

「如果說我是頭號罪犯，那麼我也是頭號的受難者。

「我想在這個人世之間，絕對找不到一個地方可以容納這許多令人如此膽顫心寒的恐怖和折磨；

「而歐特森，要想減輕這命運，你只能夠做一件事情，那便是：請尊重我的沈默。」

歐特森大為吃驚：本來，來自海德的陰暗影響已經消退了，醫生也已恢復往日的工作與和善；

一星期以前，光明的前景明明展現所有的承諾，擔保給他一段長長的快樂光榮歲月；

而如今友誼、心靈上的平靜、以及他人生中所有的展望，卻在頃刻間悉數遭到破滅。

如此巨大而出人意料的一個變化足以致人發狂；但根據藍儂言語態度間的旨意來揣摩，這其中想必還有什麼更深一層的背景存在。

## 2．藍儂大夫的信件

一星期以後藍儂大夫開始臥床不起，不到兩個星期即告與世長辭。

喪禮結束之後的當晚，依舊帶著悲傷情緒的歐特森律師鎖住他辦公室的門，坐在裡頭，就著旁邊一點憂鬱的燭光，掏出一封上有他的亡友親筆寫好住址，並且以其印記封緘的信函擺在他面前。

「私件：只許G・J・歐特森本人親啟，而一旦萬一他先我而亡，即請勿閱讀內容而逕行銷毀。」

信封上如此鄭重其事地註明著；律師惴惴不安地不敢去看裡面的文字。

「我今天才剛剛埋葬一位好友，」他思忖著：「萬一看過之後的代價是埋葬另一位呢？」

隨即又將這股恐懼判定或是對友人的不忠不義，迅速動手拆開封緘。信封裡面是另一個附件，同樣嚴密地封妥，封面上頭標示著：「除非至亨利．傑基爾醫生死亡或失蹤後方可拆閱。」

歐特森先生無法相信自己的眼睛。沒錯，是失蹤；又來了，和他許久以前就歸還原主的那份瘋狂遺囑裡頭一樣，這裡再度出現失蹤的前提，而亨利．傑基爾的名字亦被相並提及。

只是在遺囑裡面，那個念頭是萌生自海德陰險的提議；附帶一個恐怖十足而又萬分顯著的目的而被安插在那裡。

可是，這一回它卻是出自於藍儂之手，這又會代表著什麼意義？

這名受信託人心裡驀然湧現一股強烈的好奇，想要不顧「禁令」，馬上刨究這些神秘之事的根底；

然而，職業的尊嚴和對於亡友的信心卻成為他嚴格的束縛，於是那一小包郵件就此靜靜躺進他私人保險箱最深處的角落裡。

抑制住好奇心是一回事，如何去克服它又是另一件事情；此外，自從那天起，歐特森渴望與他那仍然活著的老友往來之心是否仍同樣殷切，恐怕也很值得懷疑。

他誠摯地惦記著這位朋友，只是這些記掛中卻帶著重重的不安與害怕。事實上，他仍然照樣登門拜訪；只是當被拒絕進入屋裡時，說不定正悄悄鬆了一口氣：

說不定，在內心裡頭，他寧願在門階上和布爾講話，受開放的城市氣氛和聲音包圍，也不願被放進那幢自願遭受禁梏的屋宇，去坐下來與它那令人莫測高深的隱居者交談。

老實說，布爾所能傳達給他的，也都不是怎麼愉快的消息。看起來，如今醫生將自己侷限在實驗室大樓那間私人房間的程度好像比以前更嚴重，有時甚至就睡在那裡；他精神萎靡，變得非常非常沈默，也不閱讀任何東西；感覺上，他彷彿懷著什麼沈重心事一般。

對於這些一成不變的報導性質，歐特森已經慢慢變得習以為常，前去拜訪的頻率，也逐漸變得越來越不那麼密集了。

## 3．與傑基爾醫生會面

偶然的一個禮拜天，歐特森先生正依循往例與英費爾德先生相偕散步，行走的路線也再度經過那條支道；

就在他倆來到那扇門前時，兩人雙雙停下腳步凝視它。

「喏，」英費爾德先生說：「那則故事終於告一段落了。我們永遠不會再見到海德先生。」

「但願如此，」歐特森接口：「我可曾告訴你說我見到過他一次，而且也和你有同樣的厭惡之感。」

「那是人人都無法免除的。」英費爾德表示：「還有，說到這裡，您一定以為我是個大笨蛋，竟然不知道這是通往傑基爾家的一條罕有人走的路徑！不過縱然現在我已發現這事實，由於親自找出箇中奧秘多少仍得怪您。」

「原來你已發現了，是嗎？」歐特森回答說：「不過既然如此，我們不妨乾脆走入庭院去瞧瞧那些窗口。坦白告訴你，我對可憐的傑基爾現況感到很不安；即使是留在屋外，我都覺得彷彿有個朋友陪伴著他或許會有些幫助。」

庭院裡頭涼颼颼的，而且帶著點潮濕。雖然高高舖展於頭頂的天空依然染著夕陽的光彩，院子裡面卻充滿了早早降臨的暮色。

三扇窗戶中央那扇正半開半掩著；歐特森抬頭望去，緊依窗口，像個孤獨絕望的囚犯般帶著無限悲哀神態坐在那兒的，正是傑基爾醫生本人。

「喂！傑基爾！」他高喊：「我深信你已經好多了。」

「我好沮喪，歐特森，」醫生淒涼地回答：「非常沮喪。感謝上帝，那將不會持續太久。」

「你窩在屋裡太久了，」律師說：「你應該像我和英費爾德先生一樣多活動活動筋骨。（這位是我表弟——英費爾德先生——傑基爾醫生。）來吧；快去拿你的帽子，下來和我們到處蹓躂。」

「謝謝你的好意，」對方歎息：「我也很想啊！可是不，不，不，那是根本不可能的；我不敢。不過說真的，歐特森，我很高興見到你；這真是莫大的欣慰；我很願意邀你和英費爾德先生上來，可惜這個地方真的不合適。」

「嘔，那麼，」律師好脾氣地說：「我們所能用的最好的辦法就是留在這裡，繼續站在下面和你說話。」

「我剛剛正想如此斗膽提議哩。」

醫生微笑著回答。可是話才剛要說完，臉上的笑容便倏忽消失無蹤，代之而起的，是一抹十足難堪的恐怖和絕望，一如底下那兩名紳士渾身的每一寸血肉，冷冷僵住了。

窗戶隨即在一瞬之間被扳下，他倆對於那副表情只是驚鴻一瞥；然而即使只有一瞥也已足夠了。他倆轉身，一言不發地走出那座庭院。

然後，同樣安安靜靜地穿過支道；直到兩人來到附近一條縱然是在禮拜天也保留幾許熱鬧的通衢大道，歐特森先生才終於扭頭，定睛注視著他的同伴。

他們兩人同樣臉色慘白，彼此都可以從對方眸中看到相互呼應的驚嚇。

「上帝饒恕我們！上帝饒恕我們！」歐特森先生喃喃祝禱。

英費爾德先生只是嚴肅至極地點點頭，再度更加無聲無息地往前走。

# 第七章　海德之死

## 1．最後一夜

一天晚上，吃完晚餐以後，歐特森先生正坐在他的爐旁，突然驚訝地接見了來自布爾的拜訪。

「天哪，布爾，是什麼風把你吹來的？」他嚷嚷著，再仔細瞧對方一眼，又追問：「你遇到什麼煩惱？莫非是醫生病了嗎？」

「歐特森先生，」對方說：「有件事情很不對勁。」

「坐下來，這裡有杯酒給你喝，」律師吩咐：「好了，慢慢來，直接了當告訴我，你想要我做什麼？」

「先生，您曉得醫生的情形，」布爾回答：「還有他是怎樣把自己關在屋裡，整天都足不出戶。唔，他又把自己關進那間私人房間了；我不喜歡，先生——就算到死我也不喜歡。歐特森先生，閣下，我很害怕。」

「喂，我的好人，」律師指示：「說清楚點。你在害怕為什麼？」

「我已經整整害怕一個星期了，」布爾對那問題猶如充耳不聞，一逕強調他恐懼的情緒：「我再也受不了了。」

男僕的外在表現充分證實了他的言語；他的舉止態度變得更加狼狽；除了在剛剛宣告他內心恐懼的那一瞬間，他連頭都不曾　起來正面望過律師一眼。

即使是現在，他還是膝上擺著那杯一口未沾的酒，眼光直視地板的一角。

「我再也受不了了。」他反覆說道。

「喂，」律師說：「我看得出來你一定有什麼好理由，布爾；我看得出一定有什麼事情出了嚴重的差錯。試著告訴我究竟是怎麼一回事。」

「我想裡頭必定發生了暴行。」布爾聲音嘶啞地表示。

「暴行！」律師嚇一大跳；更確切地說，頗有因此而飽受刺激的意味。他失聲大叫：「什麼暴行！這傢伙究竟在說些什麼？」

「我不敢說，先生，」這是管家的回話：「但可否請您和我一道兒回去親眼看看？」

歐特森先生唯一的答覆便是起身去拿他的大衣和帽子；但他同時訝異地注意到在那男管家臉上頓時出現一股如釋重負的表情，放下酒杯，杯裡的酒恐怕還是一口未沾呢！

那是一個標標準準的三月夜晚，空氣冰冷，狂風呼呼地吹嘯。一彎白皙的月牙躺在天河上，彷彿被風吹翻了身體，拖著她最透明清澄、細如白紗般的殘軀，飛快地滑過天際。強勁的風勢令他們談話艱難，並在臉上捧出一塊塊紅斑。除此之外，它似乎也把街上的行人掃蕩得格外稀稀落落；因為在歐特森先生印象中，他好像從未見過倫敦的這一地段顯得如此荒涼。

倘若不是這樣冷清該多好！在一生之中，他從未像這般敏銳地意識到自己是如此渴望見到、接觸到自己的同胞；因為儘管他再如何勉強壓抑，心頭還是不由得衝出一股壓倒性的預感，料想即將發生可怕的災難。

抵達街區時，全區之內塵沙飛揚、風聲颼颼，花園裡頭零星的幾棵樹木沿著欄杆腰身狂擺、枝葉亂抖。

一路上隨時保持一兩步領先的布爾這時停在人行道中央，不顧刺骨嚴寒，依然脫掉帽子，掏出一方紅手帕猛拭額頭。

但雖然這一路上他的腳步是如此急急忙忙，此刻抹去的卻並非辛苦趕路之下滲出的汗水，而是被某種壓迫得令人窒息的苦痛所逼出的潤溼。

因為他的面色慘白，而且在開口說話的時候，聲音也顯得斷斷續續而嘶啞。

「好了，先生，」他說：「我們到啦。願上帝保祐，可千萬別出什麼岔子才好。」

「阿門。」律師附和著。

布爾隨即以一副小心謹慎的姿態敲敲屋門；上了鏈條的大門應聲打開一道縫，門裡有個聲音在詢問：「是你嗎，布爾？」

「正是我，」布爾吩咐：「快開門。」

律師隨同男僕入屋時，只見大廳裡面亮晃晃地點足了燈燭，爐火也燒得又猛又旺；而在壁爐周圍站著全屋的僕人，無分男女，全像群綿羊般擠成一團。

一見歐特森先生，女傭率先扯開嗓門，一發不可收拾地嚶嚶哭泣；廚子失聲大喊：「謝天謝地！是歐特森先生！」一把衝上前來，彷彿要把他當胸摟住似的。

「怎麼回事？怎麼一回事？你們全都在這裡不成？」律師氣急敗壞地說道：「很沒規矩，很不恰當；你們主人一定會很不開心。」

「他們都很害怕。」布爾代為表明。

繼之而來的是陣完完全全的肅靜，沒有人對那個答案表示不平；只有女傭聞言猛然爆開她的嗓門，轉變成現在的號淘大哭。

「安靜！」

布爾兇暴地喝止住她，那口氣恰足以證明他自己緊張不安的情緒；而事實上，在那女孩突然拉高她慟哭聲調的同時，大夥兒全都猛嚇一跳，帶著預料即將發生恐怖之事的神情，一齊將臉扭向內門。

「現在，」僕役長繼續轉朝打雜的小廝吩咐：「幫我拿支蠟燭來，讓我們立刻把這整個問題給解決掉。」

接著他請求歐特森律師隨著他走，並負責帶路走向後花園。

「好了，先生，」他說：「現在請您儘可能放輕腳步。我希望您來聽聽，而又不希望裡面聽到你的聲音。還有請注意，萬一——萬一他開口邀您入內，千萬別進去。」

## 2．「他」到底是誰？

歐特森先生的神經在這番意料不到的結局下猛然一抽，差點使他完全失去鎮定；不過他很快地鼓足勇氣，隨著男管家走進實驗室大樓，穿過到處瓶瓶罐罐、板條箱亂堆的手術室，來到樓梯下。

這時布爾以手勢示意他站到一旁，注意聆聽；

相對的，他本身則放下蠟燭，同時很明顯地是極為勉強才下定了決心，爬上階梯，帶著幾分遲疑敲敲那覆蓋紅羊毛氈的私人房間房門。

「先生，歐特森先生求見。」他出聲高喊，而且即使在這同時，仍不忘再次以強烈的暗號示意律師拉長耳朵。

一個聲音自裡面傳來的答覆。「告訴他，我不能見任何人。」那口氣頗有抱怨之意。

「謝謝您，先生。」布爾回答的語調中倒帶有一絲得意的韻味；然後他拿起蠟燭，引導歐特森先生回頭穿過後院進入大廚房。

這裡的爐火已經熄滅，幾點火星正蹦向地板。

「先生，」他直視歐特森先生的目光，問：「那是我家主人的聲音嗎？」

「似乎改變了很多。」律師寒著一張慘白的臉回答，但並未躲避他灼灼逼視的眼神。

「改變？唔，沒錯，大概是吧，」男管家表明：「莫非在這位先生府邸服務了二十年的我，竟會被他的聲音矇蔽過去嗎？不，先生；主人已經被殺害了；他在八天前，當我們聽到他呼天搶地地大叫時遭人殺害了；而取代他留在那裡面的到底是誰，還有它為什麼留在那兒，就只有問天才會知道了，歐特森先生！」

「這是個相當離奇的揣測，布爾；這根本就是個毫無道理的揣測，我的好僕人。」歐特森先生咬著他的手指分析著：「假如它真的就如同你的假設，假設傑基爾醫生真的遭人——呃，謀殺了，那麼是什麼原因誘使那殺人犯繼續留下來？漏洞百出；這種說法不合乎道理。」

「啊，歐特森先生，您是位立場堅定，絕不隨便輕信之人，但我還是能夠說出令您滿意的事實。」

布爾敘述——

「過去這一整個星期以來（您必定知道）他，或者是它，總之是住在那間私人房間裡的人或物，始終日夜不分地需索某種藥物，可是每次買回來後他卻又都不合意。有時候他的做法是——

「我指的是：主人——

「把他吩咐寫在一張紙上，然後丟進樓梯上頭。之前這一整個星期裡頭，我們唯一能見到的就是這些；除了紙張，就是一扇關閉的門，其他什麼都沒有。而每一頓留在門口的飯菜，都是等到沒人看的時候才被偷偷拿進去。

「噢，先生，每天，唉，有時一天兩三次，樓梯口躺著訂單和抱怨字條，而我便奉派飛快跑遍城裡每一家大規模藥店。

「每次我把東西買回來，總會出現另一張字條叫我拿回去退掉——

「因為它：不純正，同時還有另一道指示，要我再到不同家商店去買。

「不管那究竟是要做什麼用的，先生，他對該種藥物的需求十分殷切。」

「你手中可有任何一張這類單子？」歐特森先生問。

布爾往他口帶裡摸了摸，掏出一張皺巴巴的字條。

律師拿著它，湊近燭光，一字一句詳細地檢閱。

那字條上寫著以下的內容——

「傑基爾醫生問候毛氏藥局。他向店家鄭重宣告他們上次的樣品成份不純正，對他目前的目的完全派不上用場。一八××年，傑基爾醫生曾自毛氏大量購入該藥品，如今他要求他們以最小心謹慎的態度徹底搜尋，看看是否仍留有任何同樣的藥物，即刻送往他府中。費用不計。要點是：傑基爾醫生絕不受人誆騙。」

到此為止，這張短箋的內容已十分完備了。但緊接下來突然墨跡飛濺，寫信人的情緒顯然失控了。

「看老天爺份上？」他追加上一句：「替我找些舊的來。」

「這真是張奇怪的字條。」歐特森律師評論；忽然，他厲聲盤問：「你手上的信箋怎麼會是打開來的？」

「毛氏藥局裡的人氣得暴跳如雷，先生，他把它像扔什麼臭兮兮的垃圾似的擲回給我。」布爾答稱。

「你可知道，這的的確確是醫生的筆跡？」律師恢復原來態度。

「我覺得看起來很像。」男僕怏怏不樂地回答；旋即，又換成另一副口氣。「但是不是他的筆跡又有什麼關係？」他宣稱：「我看見過他！」

「看見過他？」歐特森先生喃喃複誦。「哦？」

「沒錯！」

布爾陳述：

「事實就是如此。那天我突然從花園裡走進手術室。他看起來像是悄悄溜出來親自尋找那味藥或是什麼的；因為閣樓上那間私人房間的房門敞開著，而他人就在手術室遠遠的那端，一大堆板條箱裡又翻又找。

「在我走進去的那一瞬間，他仰起頭來，猛然發出一聲怪叫，『咻！』地衝上樓梯，躲進私人房間內。

「雖然我見到他的時間頂多不過一分鐘，可是頭髮卻像鋼針一樣根根直豎起來。

「先生，假如他是我的主人，何必要在臉上戴張面具？

「假如他是我的主人，何必像隻老鼠似的，吱吱叫著從我眼前逃離？

「我在這裡服務的時間已經夠久了。再說……」

男管家語勢一頓，伸手飛快往臉上抹了一把。

「這些情況的確都很奇怪，」

歐特森先生接口道：

「但我漸漸聽出分曉了。布爾，你的主人很顯然是罹患了某種既讓患者飽受折磨、又令他外表變得不成人形的疾病；

我全明白了，因此他的聲音才會大大改變；因此他才會迫不及待地尋找這樣藥材，藉著它，那可憐人期待能夠保留幾分最終的復原希望——

他當然百分之百擁有不受欺騙的權利！這就是我的解釋；夠教人悲哀的了，布爾，唉！而且仔細想想真是可怕；不過事實非常明顯而自然，全部都能互相契合，同時也免除我們所有無謂的慌張。」

「先生，」

男管家聞言霍然色變，臉上一陣青、一陣白，堅稱：

「那東西絕非我家主人，而且有事實可以為證。我家主人……」

——說到這裡他扭頭左顧右盼一番，才開始悄悄地低聲說道——

「是位身材高挑健美的男士，而這人無寧說是個侏儒。」

歐特森剛想提出異議。

「噢，先生，」布爾嚷嚷起來：「莫非您認為跟隨在他身邊二十年了的我，還會不認得自家主人嗎？莫非您認為只要進了私人房間的門，我就不知道他的面貌變成怎樣？我可是這大半輩子每天早晨都在那兒見到他的呢？不，先生，那藏在面具裡的東西絕對不是傑基爾醫生——天曉得那究竟是個什麼，但它絕對不是傑基爾醫生；我打從心底相信，裡頭一定發生過兇殺案。」

「布爾」，律師回答：「既然你那樣說，我就有責任把真相弄個水落石出。雖然我極渴望不要觸犯你家主人的感受，雖然這張似乎證明你家主人仍活在世間的短箋令我滿頭霧水，我想我還是有義務要破門而入。」

「啊，歐特森先生，那是理所當然！」管家嚷道。

「現在第二個問題來了；」歐特森又說：「要由誰負責動手？」

「咦，當然是您和我，先生。」對方毫不畏怯地答道。

「說得好極了。」律師提出：「同時，不管結果如何，我一定會負責做到不讓你因此而遭到怪罪。」

「手術室裡面有把斧頭，」布爾繼續說道：「您不妨也把廚房這根撥火棒帶在身邊，權充緊急防身之用。」

律師把那根粗陋但是沈重的工具握在手中，平衡兩端輕重。

「布爾，你可明白，」他抬起頭說：「你我兩人即將以身試險？」

「我明白，先生；坦白說。」布爾答道。

「很好，那麼我們就該打開天窗說亮話，」歐特森先生表明：「我們倆都有些想法擱在肚子裡沒說出來；這會兒就讓我們彼此完全開誠佈公吧。你所見到那個頭戴面具的傢伙，可是你能夠認得出來的人物？」

「呃，先生，它跑得很快，而且那東西又把整個上半身弓成一團，因此我無法發誓一定認得真。」這是男僕的答案：「但假使您心裡想問的是：那是海德先生嗎？——唔，沒錯，我認為是他。喏，您瞧，他們的體型看上去幾乎一樣！而且行動同樣的輕巧敏捷；再說除了他之外，有誰可以從實驗室的門進來？您應該沒忘吧，先生，那樁命案發生的時候他手中仍持有鑰匙？但還不止如此。我不知道，歐特森先生，您可曾和這位海德先生碰過面？」

「是的，」律師回答：「我曾經和他交談過一次。」

「那您必然和我們其餘的人一樣清楚，那位先生身上透著某種古怪的特質——某種令人大吃一驚的特質——我不知該如何正確地形容，先生；除此以外：你會覺得骨髓裡頭一陣冷冰冰的、虛弱無力的寒意。」

「我承認我有類似於你所描述的感受。」歐特森先生附和。

「正是如此，先生。」布爾接著表示：「喏，當那戴面具的東西像隻猴子般在化學儀器間跳來縱去，一陣風似地捲進私人房間裡，那股寒意就像冰似的從我頭頂直灌下脊椎。歐，我知道那不算證據，歐特森先生，這點知識我還有；但只要是人都有感覺，而我願手按聖經對您發誓：那是海德先生。」

「唉，唉，」律師歎道：「我所擔心也正是這一點。我擔心邪惡會因那關鍵人物而建立——惡當然會因他而來——唉，其實我相信你的話；我相信可憐的哈利已經遭到殺害；我相信殺害他的凶手（目的為何，只有上帝才明白）還潛伏在受害人的房間內。喂，且讓我們做為他的復仇者！叫布雷德蕭來。」

那名侍從奉召來到，臉上神情緊張，面色灰白。

「鎮定！布雷德蕭。」律師吩咐。「我知道你們大家心底都七上八下；但現在，我們打算讓這場懸疑劃下句點。這位布爾，還有我，我們將強行進入私人房間。如果一切正常，我的肩膀還寬厚得足以擔待下所有的責怪。在這同時，為了預防萬一真的有什麼事情不對勁，或者有哪個做奸犯科之輩企圖從後門逃走，你和小廝必須拿對結實的棍棒繞過牆角，駐守在實驗室門口。我給你們十分鐘時間去站好指定位置。」

布雷德蕭離去後，律師看看自己的手錶。「現在，布爾，我們也去就我們的位子。」說著，他將撥火棒挾在腋下，帶頭走入後院。

飛奔的流雲已然半遮住明月，此刻她的表面顯得暗淡無光。只以一絲絲、一陣陣勁道吹入該棟建築深處的夜風，吹得燭光在他們前腳尖、後腳跟前不住地搖幌，直到兩人來至手術室內的避風處，坐下來，靜心等候著。周遭這一整片倫敦城，充斥著嗯嗯嗡嗡的微聲；但在咫尺範圍內，凝然闃寂的氣氛卻只被一陣沿著私人房間地板來回走動的腳步聲打破。

「它會這樣走上一整個白天，先生，」布爾悄悄歎道：「唉，還有大半個夜晚。只有在藥局裡送來某種新樣品時，才會中斷上一陣。啊，支持著這樣一個敵人的是顆邪惡的良心！啊，先生，每一個腳步裡都有污穢的血液在流動！但，再一次細聽，再注意一點——把您的精神全貫注在耳朵上，歐特森先生，然後告訴我，那可是醫生的步伐？」

## 3．一具男人的屍體

輕輕落地的腳步聲傳入耳裡，予人一股詭異的印象，雖然行進十分緩慢，卻帶著某種明確的節奏，確實迥異於亨利•傑基爾那種走起路來吱吱嘎嘎的大力踏步。歐特森喟然長歎。「難道除了這之外，就再也沒有別的動靜了嗎？」他探問。

布爾頷首。「有一次；」他說：「有一次我聽到他在慟哭！」

「慟哭？怎麼樣的慟哭？」律師嘴裡問著，驀然感受到一股恐怖的寒意。

「像個婦人或者迷失的人一般的哀哀慟哭。」男管家答道：「我悄然退開。那哭聲沈重地壓抑在我的心頭，令我差點忍不住隨之涕泗縱橫。」

但這時十分鐘已經走到盡頭了。

布爾冷靜地從成堆捆紮用的麥稭下抽出一把斧頭；蠟燭則被擺放在最近的一張案頭，以便照亮他倆進擊的方位；

這兩個人　氣斂聲掩至私人房間門口，門裡那耐性奇佳的足聲依然在寧靜的夜裡來而復去，去而復返。

「傑基爾，」歐特森扯開嗓門大叫：「我要求見你。」

他暫停片刻，但裡面不聞答腔。

「我給你應有的警告，我們已經起了疑心，我必須、而且將要見見你，」他重新發話：「如果不經由光明正大方式，那就憑藉不正當手法；如果得不到你的首肯，那就靠使用暴力！」

「歐特森，」裡面終於傳出人聲：「看老天爺份上，可憐可憐我！」

「啊！那不是傑基爾的聲音——是海德的！」歐特森驚呼：「快！布爾，快劈開房門！」

布爾高高掄起斧頭，奮力劈下，整幢建築都被那強烈的撞擊力道震得微微顫抖，覆蓋紅色半毛氈子的房門也不顧門鎖和鉄鏈牽制，猛然跳動幾下。

私人房間裡面響起一聲哀慘的尖叫，恰似野獸發出恐怖的呼號。斧頭再度揮動，門板再度應聲綻裂，門框也再次大力地震盪；

斧頭四度揮擊，可是這扇房門不僅採用的木質堅韌，就連當初裝設時的手工都做得特別精良；

一直到了第五次，斧頭砍下使鎖頭斷裂，整扇房門的殘骸猝然自內倒塌在地毯上。

兩名攻打者深深為他們自己造成的喧鬧以及繼之而來的死寂所震駭，腳下不由倒退一步，探頭向內極目窺探。

在溫和的燈光中，私人房間靜靜躺在他們倆眼前。

一爐烈焰熊熊奔竄，在壁爐裡面發出嗶嗶剝剝的交談；水壺哼唱自己微弱的旋律；抽屜被拉開一、二扇來；辦公桌上的文件擺置得整整齊齊；而靠近爐火的一頭也已備妥茶具。

憑誰看了都會認為這是一個最最平靜的房間，而矗立於房中那些擺滿化學儀器的玻璃門櫥櫃，也只不過是當夜倫敦城中最最普通不過的東西。

就在這林林種種的擺設、器物當中，趴著一具扭曲得幾乎不成人形的男性軀體，並且仍在陣陣地痙攣。

他們倆人踮著腳尖走上前去，將那軀體翻過身來，一看，撞入眼瞼的赫然是艾德華・海德的面目五官。

那人身上的服裝遠遠比自己本身體型大上好大一號，約當合乎醫生的身材；臉上肌腱雖然仍如帶著生命般兀自顫動著，其實生命卻早已遠離；而根據緊握在他手中那支破裂的小藥瓶，以及空氣中凝滯不散的強烈穀粒味道，歐特森曉得，自己眼裡盯著的是具自殺者的屍體。

「無論是打算救人或懲兇，」他神情凜峻地說道：「我們都來遲了一步。海德已死；如今我們唯一能做的，就只剩下找出你家主人的屍體。」

這一整幢建築的絕大部分比例，都由手術室和私人房間兩個部分所佔有。光線來自上方的手術室幾乎填滿整個底層的面積；而侷限於房屋一頭，俯臨一片庭園的私人房間則獨自構成這棟建築的上層。

一條走廊銜接住從手術室到達面向支道那扇大門之間的距離；而唯一經此連通私人房間的管道，便僅靠樓梯的第二段踏階。

除此之外，整棟實驗室建築所餘下的便只有幾間幽幽暗暗的小隔間，以及一個華而不實的地窖。

這些地方全經他們兩人一處一處仔細檢查過了。幾個小隔間只消瞄上一眼便已綽綽有餘，因為裡頭根本全是空空如也，尤其房門剛一打開，頭頂立即灑落大片迷迷揚揚的灰塵，證明已有許久不曾經人開啟過。

至於地窖裡面堆滿的，其實淨是一些有了年代的破舊傢俱，絕大多數都傳自傑基爾的前任屋主，亦即那位知名外科大夫擁有此棟建築的時候。

然而，縱然是在他倆甫推開地窖門的同一瞬間，那一大團經年累月、密密麻麻纏掛在入口處擋道的蜘蛛網應聲塌落的畫面，也已經等於宣告了再進一步搜尋只是多此一舉。

無論是生是死，總之，整棟建築裡頭遍尋不著亨利・傑基爾的半點蹤跡。

布爾沿路踩著鋪成遊廊的大石板，每走一格便用力跺個幾下，同時豎耳聆聽那聲音，說道：「一定是被埋在這裡了。」

「再不然就是逃了出去也說不定。」歐特森說著轉身細細檢查面向支道那扇大門。屋門深鎖；他倆在靠近門後的大石板上找到已經生鏽的鑰匙。」

「看起來似乎無人使用。」律師細看後表示。

「用！」布爾隨聲應道：「先生，難道您沒看見，它都已經斷掉了？看起來就活像被人狠狠踐踏過似的。」

「啊！」歐特森接口：「而且斷裂的缺口也同樣生了鏽。」

頓時，這兩名男子恐慌地相顧一眼。

「這已經超乎我的理解能力所能明瞭的範圍了，布爾。咱們且先回到私人房間去吧。」

## 4．充滿詭異的房間

他倆悶不吭聲地上梯，邊走還邊偶而對那屍體投以充滿敬畏的一瞥，繼續以更徹底的態度仔細檢查擺在私人房間裡的一切物品。

在某張桌面上頭，存在某些化學材料的蹤跡。

一堆堆份量各自相異白色鹽類，盛放在一個個小玻璃碟上面，看來好像那位鬱鬱寡歡的醫生，正預備進行某項原本始終刻意避免的實驗。

「這正是我這陣子每天替他到處搜購回來的那種藥物。」布爾如此聲明。

而就在同時，燒煮中的壺水也開始製造出可怕的噪音。尖厲刺耳的聲音吸引兩人走到壁爐邊，見到房內的安樂椅已被拉近溫暖舒適的爐旁，全套品茗用具都已各就其位，站在觸手可及的地方，就連杯子裡頭的糖也都舀好了。

某座架子上頭擺著好幾本書籍，其中一部攤開擱在茶具旁邊。看到它，歐特森不由得不大吃一驚。那原是一本過去傑基爾十分不以為然的虔誠宗教性書籍，好幾次都使用極其不堪的詆毀、謾罵詞句，對它加以詮釋、評議哩。

緊接著下來，就是再重新檢視房裡各處的過程中，兩名搜查者來到那面穿衣鏡前面。

在切切凝視鏡中畫面的同時，一股恐怖懼意自他們兩人內心油然升起。

可是，事實上，鏡中呈現的卻只是屋頂上面變幻莫測的艷紅色光輝，以及百道千道、重複排列在亮晃晃的玻璃櫃正面那閃耀輝煌的火光，還有他們自己伸長脖子變著腰、湊近鏡面細細打量的恐懼、蒼白面孔。

「這面鏡子曾目睹某些怪事，先生。」布爾竊竊言道。

「而最最奇怪的顯然莫過於它的本身。」律師隨即以同樣的聲調附和。「因為傑基爾究竟——」說道這裡，他內心倏地凜然一震，然後漸漸克制住那陣突如其來的虛弱——「究竟要面穿衣鏡做什麼？」他狐疑。

「沒錯！」布爾回應。

接著下來，他倆的視線移向辦公桌。

桌子上頭，在一大疊放置得整整齊齊的文件當中，擺在最上面的一件是個大型封套。

封套外面寫著歐特森先生的姓名，字跡則是傑基爾醫生的。

律師拆開封套，幾份附件立即掉落在地板。

第一份附件的內容物是張遺囑，裡頭出現的古怪條文和他半年前歸還給醫生的那份如出一轍，也是兼做死亡後的遺囑、或是失蹤狀況下的饋贈契據之用；

只不過艾德華・海德之名已不復存在於這份遺囑上面，取而代之的是令律師入眼震驚莫名的：

加百列・約翰・歐特森

等幾個斗大的字眼。

他注視著布爾，旋即又將視線移回文件上，最後投向平躺在地毯上那具罪犯的屍體。

「我腦子裡頭一片天旋地轉！」他說：「他這一陣子始終佔據這個地方；他根本毫無理由會喜歡我；他看到自己遭到撤換必定暴跳如雷；而他並未摧毀這份文件。」

律師緊接著拿起第二紙文件，是一張醫生親筆所寫的短箋。信箋的最上面簽署了書寫的日期。

「噢，布爾，」歐特森律師驚嚷著：「他到今天還活生生地活在這個房間裡。他絕不可能在那麼短短的一小段時間內遭人殺害；他一定還活著；他一定是逃走了！咦，可是為什麼要逃！又是如何逃走的！再說，就地上那具屍體而言，我們難道真能貿然宣稱他是自殺的嗎？咦，我們務必謹慎。我料想得到，我們還是有可能將你家主人牽扯進某樁可怕的災禍中。」

「您何不先看看上面寫些什麼呢，先生？」布爾問。

「因為我害怕；」律師神色凝重地表示：「上帝保佑，但願我的害怕純屬多餘！」他說著，將那紙短箋拿近眼前，朗誦出以下文字：

我親愛的歐特森，

當這張短箋落入你的手中時，我本身勢必已告失蹤。我無法事先洞悉那是出於怎樣的情況下，但個人的直覺、以及種種難以對人啓齒的客觀因素卻告訴我，這結局必將早早來到，而且無所遁逃。所以，去吧，先去詳讀一番藍儂曾警告過我說預備交付給你的記述；然後，倘若你還有心得知更多的詳情，再回過頭來看看我的告白；

你憂愁而不足稱道的朋友——

亨利，傑基爾

「裡頭還有第三份附件嗎？」律師問道。

「在這兒，先生。」布爾說著，交給他厚厚的一個小包裹。那上頭，黏了好幾處封條。

律師將那一小包東西放進自己口袋裡。「關於這份文件，我一個字也不會對外提起。萬一你家主人已經逃走或是遇害了，至少我們還可以保全他的信譽。現在時間是晚上十點；我必須回家靜靜閱讀完這些文件；不過午夜之前我一定會再回到這裡，屆時我們再派人前往警局報案。」

他倆一起走出手術室，把那扇房門給鎖好；然後，歐特森再度告別聚集在大廳壁爐旁的那一整群僕役，踽踽獨行地回到自己辦公室，開始閱讀那兩份即將闡明這神秘事件內幕的記事文。

# 第八章　藍儂醫生的手記

## 1．傑基爾醫生的信

元月九日，亦即距今四天以前，我收到一封經由晚間投遞交付的掛號郵件，信封上的姓名、住址出自我的一位同業兼老校友亨利・傑基爾親筆。我萬分驚訝；因為我們兩人素無通信聯絡的習慣；事實上，就在前一天晚間，我還見過此人，並與他共餐；而且我實在無從想像在我和他之間的交往中，會有什麼事情需要拘泥到動用登記、掛號如此正式的形式。更加令我訥悶不已的是那信上的內容；因為它是這般書寫的：

一八××年，十二月十日

親愛的藍儂——

你是我交往最久的老友之一；儘管我們或許在科學領域的問題上偶有歧見，但我記不得——

至少就我個人單方面——

有哪次爭議足以破壞我倆的交情。

無論何時，只要你對我說句：「傑基爾，我的生命，我的榮譽，還有我的理智全都得仰仗你了。」我誓必爲你赴湯蹈火，在所不惜。

藍儂，而今我的生命，我的榮譽與我的理智，全都掌握在你的發落中；要是今晚你無法滿足我的要求，我將不知如何是好。

或許在看完這段前言以後，你會以爲我要請求的是件令人難以答應的卑鄙之事。一切憑你自行判斷吧。

我希望你將今晚所有其他的約定延期——

哎，即使你奉召前往替某位病患看病；叫輛車（除非你自己的馬車正好停在大門口），同時帶著這封信以做爲參考，直奔我住處。

布爾，也就是我的男管家，已經接受到指示，你將會發現他夥同一名鎖匠恭候你到達。

這時你們必須憑藉強迫手段打開我私人房間房門：然後你單獨進入房

中；打開左手邊裝有玻璃門的櫥櫃（標示E），如果櫃門緊閉則敲斷那副鎖；

然後，連同其中裝著的所有物品，原封不動，拉出從上面算起第四格、或者（其實都是同樣的東西）從底下算起第四格抽屜。

我心神不寧，萬分擔心寫錯了給你的指示，不過縱然我當眞弄錯了，你也可以靠抽屜裡頭所裝的東西認出正確的一個：幾種粉末，一支小藥瓶，以及一本平裝書。

這個抽屜，我懇求你務必照著原來的樣子，原封不動地帶回到加文狄胥街區去。

——以上是整個幫忙儀式的第一階段，緊接下來爲第二部分。倘若你在接獲這封信後立即出發的話，那麼自從返抵家門午夜之間必然還有很長一段時間；

不過，這段空白時間我將特地爲你預做保留，除了擔心萬一遇上什麼事先既無從防範、又不能預知的阻礙外，最重要的是底下要做的事情最好是在你的僕人都已就寢的情況下進行。

接著，我要求你在午夜時分必須單獨一個人留在你的診斷室，親手放一個以我名義做爲引介之詞的男子進門，同時將從我私人房間之中帶回那個抽屜交到他手中。

到此爲止，你將執行完你一份內的任務，並且贏得我十二萬分的感激。

五分鐘後，假使你堅持要得到一個解釋的話，必定會明瞭這其中每一項安排的重要性都是無以倫比，雖然看似怪誕不合情理，但是只要疏忽掉其中任何一個環節，你的良心都可能因爲我的死亡或陷入徹底瘋狂而飽受煎熬。

我滿懷自信，你勢必不至隨隨便便看待這一份哀懇——

只要一想到那萬分之一的可能性，我的雙手便不禁爲之顫抖，整顆心猛往下沈。

記住！此刻的我正置身於一個陌生的處境努力奮鬥，那焦慮痛苦的情緒猶如一團濃得化解不開的黑雲壓在頭頂，但卻仍然心知肚明，只要你肯適時假以援手，我的煩惱就會如同被拆穿的謊言一般全部煙消雲散。

幫助我，我親愛的藍儂，並拯救我！

你的老友　亨利・傑基爾

又及——我在已將這封信密封的同時，心靈中驀然襲上一股新恐懼。有人可能——也許郵局會誤了我的計畫，這封信要到明天早上才能送到你手中。

果眞如此，親愛的藍儂，請即利用白天裡最方便的時段來完成我所託付的使命，並再度於午夜時分期待我的信使到達。

也說不定到時一切已經太晚；如果說那個夜晚就一件事情也沒有地悄悄流逝的話，你將會明白，你已見過亨利・傑基爾的最後一面。

## 2．深夜的訪問者

在此信的同時，我深深相信我的同業一定是瘋啦；但除非經過證實他當真是在發神經，否則我還是覺得有義務要遵照他的要求做。

我越是不明瞭這一大堆沒頭沒腦的交代裡頭賣的究竟什麼藥？越沒有立場去判斷它們的重要性；何況面對一篇如此措詞的請求，又豈能隨便置之一旁而不做任何慎重的回應。

我依照信上指示自桌畔起身，叫輛雙座小馬車，直接奔赴他住處。

等我到達的時候，男管家已經在那裡等待著我啦。

他和我一樣收到一封寫著指示的掛號信函，並馬上差人去延請一名鎖匠和一個木匠來家。

這兩名工匠在我倆尚在寒喧之際來到傑基爾住宅；我們一行四人立即行動一致地移往老丹曼醫生的手術室。

諒必你已十分清楚，那正是進入傑基爾私人小房間最便利的一條管道。私人房間房門造得十分牢固，門上的鎖也同樣打造得非常精良；木匠誓言一旦必須用到強迫手段，必定會讓他大費工夫，並且造成極大的害；鎖匠則是擺出一副幾近絕望的態度。然而，這位鎖匠畢竟不愧是個工夫老到的傢伙，在歷經整整兩個小時的努力之後，那扇房門終究還是呀然開啟了。

標明E號的櫥櫃並未上鎖；我拉出信上所寫的抽屜，利用麥梗將它填實，並且拿張被單將它拖住、綁好、整個帶回卡文迪旭街區。

返家之後，我開始著手檢查抽屜中的內容物。

那裡頭的粉末雖然包得夠精巧，可是和一般真正藥房包藥的精細程度卻還是有些差別；因此，這些藥包顯然是出自傑基爾個人的親手包裝。

而當我解開其中一包粉末後，卻發現裡頭包的似乎只是一種普普通通的白色結晶鹽。緊接著吸引住我注意力的那支小藥瓶裡，想必裝了差不多有半滿的血紅色液體，聞起來的感覺相當刺鼻。

依我判斷，其中大概包含了磷和某種揮發性的酊劑等等，至於其他成份我便無從猜測起。

擺在抽屜內的書是本一般常見的記事簿，裡頭除了一連串的日期以外就鮮少見到其他的內容。這一連串日期前後涵蓋好幾個年頭，但我留意到整段記載卻在將近一年前突告終止，而且從前文中絲毫看不出半點徵兆。

偶而，記錄之中的某個日期下會見到個附加的簡短評語，通常都只是單獨一個字：「疑」——這個字眼在全部數百個條目當中共出現過六次；另外，在整本簿子極前頭的地方，還曾跑出一包後頭跟著好幾個驚歎號的詞語：「徹底失敗!!」

這一切的一切雖然刺激得我好奇心大起，卻未對我透露出多少明確訊息。一支裝著某種鹽類的小藥罐子，一系列沒完沒了、徒勞無功（就像太多太多傑基爾的研究結果一樣）的實驗紀錄；單憑存在於我家中的這幾樣物品，又怎能影響我這位腦筋有點不太正常的同業名譽、理智、或者生命呢？

既然他的信使能夠前往某個地方，又為何不能夠到另外那處去呢？而且就算假定真會遇上什麼阻礙好了，這位先生又為何非得是在秘密情況下受到我的接見才行？

我越是反覆三思，越是深信自己正在應付某個腦部疾病的病例；此外，我雖然將家裡所有的僕人都遣散去睡覺，卻拿出一支舊左輪手槍來裝上子彈，以便圖個自衛之道。

倫敦城中才剛剛傳遍十二點的鐘聲，門外的扣環即隨之發出柔和的音響。我親自起身應門，看見一名身材瘦小的男子蹲身縮在門廊的廊柱旁。

## 3．令人不安的客人

「是傑基爾醫生派你來的嗎？」我詢問。

他帶著極為僵硬的表情勉強回答一聲：「是。」而當我開口邀他入內後，那人更是拖拖拉拉地回頭仔細用目光將整個黑暗的街區打量了一遍，這才如我所請地舉步跨進門檻。

不遠的街頭上有名警察正雙目圓睜，朝著這個方向走來；我想我的訪客大概是被他的舉動給嚇一大跳吧，慌忙加緊腳步往逕往裡頭走。

我承認，這種種不尋常的表現令我心頭很不愉快地猛起了個疙瘩；在緊隨該名男子身後走入診斷室明亮光線下的這一小段距離時，我的手須臾不離事先已準備好的武器。

進了診斷室之後，我總算有機會可以好好看清來人的長相。我確信，這是一個我素未謀面之人。

正如我先前已經形容過的，他身材矮小；此外，一副令人望而生厭的表情，強烈的肌肉活動與一眼即可看出的體格虛弱之不尋常結合，以及——最後，但並非最不重要的——與他共處之際，自然而然產生出來那股心中發怵的感覺，在在令我胸中凜然一震。

這就和初期的嚴寒有著幾分相似，老是伴隨一陣明顯的情緒低落而來。

我當下將之歸諸於某種個人心理上特別容易產生的反感，僅僅暗自訥悶這些徵候為為何會如此嚴重；

但從此之後，我便有理由可以相信那病因是存在於人類天性之中更深更深處，是打開遠比憎恨的要素更加高貴的關鍵。

這位仁兄（那打從一入門開始到此刻為止，我在內心掀起一股只可形容為令人作嘔的好奇心之人）把自己打扮得一副平常人看了準非捧腹大笑不可的德行；我的意思是，儘管他一身服裝都是採用高貴端莊的衣料、花色裁製而成，可是呎吋卻無論打哪個角度衡量都大了好幾號——兩條褲管空空盪盪地掛在他那一雙腿上，為免拖地，高高捲起。

大衣腰圍垂到臀部以下，領口也寬寬綽綽地散開至他的兩側肩頭。說來奇怪，這一身滑稽突梯的穿著卻完全無法逗我發笑。

更確切地說，正由於此刻面對著我的這個人本身就散發著某種可鄙而異於常人的特質——某種能在瞬間扣住人們注意力，令人驚訝、作嘔的天性——是以這樣一身與自己外形互不搭軋的新鮮穿著法，感覺卻彷彿不僅十分符合，並且更加彰顯此一特質；

故而使得原本已經對於來人天性、人格饒富興趣的我，因此又對他的出身、他的生活、他的財富以及在社會上的身份地位更增添一股好奇心。

這種種觀察記在紙上雖佔去一大片空間，實際上卻只花了短短幾秒鐘工夫。老實說，此刻我的訪客正陰沈著一張怪臉，處於興奮得坐立難安的狀態。

「你看出來了嗎？」他嚷嚷著：「你看出來了嗎？」他是如此心急如焚、迫不及待，甚至忍不住握著我的臂膀，差一點就要開始用力搖撼。

我推開他的手，隱隱察覺那一碰觸我在短短一剎那間全身僵硬。

「喂，先生，」我說：「你忘了我還沒有如此榮幸與你熟識呢！拜託，請你坐下來。」

我以身示範，率先在平日坐慣的位置上面落了座。縱然時間已至深夜，縱然我很容易產生先入為主的偏見，縱然這名訪客帶來的恐怖氣息，逼得我必須費好大的力氣才能夠勉強鼓足精神，我依然擺足一派平常對待病患的態度。

「很抱歉，藍儂醫生，」他回答得夠彬彬有禮的：「你說得很有道理；是我那急躁性子害得我把禮數都給忘得一乾二淨。我是應你的同行亨利・傑基爾醫生之請，來這兒辦一件只要幾分鐘時間的差事，我曉得……」

他沈吟片刻，伸手按住喉頭；我看得出他外表上雖然態度安定，內心卻正力抗節節進逼的歇斯底里——「我曉得，有個抽屜……」

此時此刻，我卻對來人那如坐針氈的樣子產生同情；也許其中有幾分是在可憐自己快速增長的好奇心吧。

「在那兒，先生。」我指著放在一張桌子後面地板上的抽屜告訴他；那上頭還蓋著我用來包住它、把它帶回家來的被單呢。

他箭步衝上前去，隨即猝然止步，手捂住心口。我可以看見他的上下顎在抽搐，聽見他的兩排牙齒不住碰得格格響；

而他臉上那副彷彿中了邪、失了魂般的情狀，更不由得我瞧得為他的生命和神志大感緊張。

「鎮定！快快鎮定！」我說。

他扭頭對我露出一個可怖的笑容，然後恍如帶著一股斷絕一切念頭的決心，一把抽開那張被單。

看見裝在抽屜裡的物品，那人頓時彷彿卸下十二萬斤的重擔，大大發出一聲響亮的嗚咽，聽得坐在椅子上的我一時呆若木雞。

不一會兒，他開始用一種已經經過相當控制的語調，詢問：「你有沒有量杯？」

## 4．死去的人竟然復活了

我費了一點力氣撐持起身，走去替他拿來他要的東西。

他微笑著向我點頭道謝，量出一量滴的紅色酊劑，再添加入其中一份粉末。那燒杯裡的混合物最初呈現出淡紅色色澤，漸漸的，在那白色結晶體開始以穩定的速率溶化，淡化混合劑顏色的同時，燒杯裡頭也開始產生清晰可見的沸騰現象，揮發出一絲一絲淡淡的煙氣。

突然，沸騰終止，杯中的混合物也在同一瞬間轉變為深紫色，再慢慢、慢慢褪成了水綠。

自始至終目光灼灼緊盯著這一切變化的訪客，這會兒露出笑容，將手中的量杯放到桌子上，然後扭頭帶著一副批評的眼光上下打量著我。

「現在，」他說：「咱們來把剩下的問題全給一次解決了吧。你願當智者嗎？你願接受引導嗎？你願意忍受眼看我手拿這個杯子逕自走出你的住宅，而不做任何進一步討論嗎？或者你的好奇心已貪婪得難以自禁，對你發出催逼令？在你回答之前先仔細想想，因為要怎麼做全看你的決定。等你下定決心，你有可能既沒變得更富有也沒變得更聰明，一切都維持原狀；除非那種造成人們窮困終身的服務感也能算是某種精神財富的話。或者，如果你願意選擇做另一個決定，那麼一片全新的知識領域，條條通往名聲、權勢的大道，將會立即敞開在你的面前；就在此時此刻，就在這個房間；在這同時，你的視界也將遭某樁奇異事所轟炸；那奇事，足以令所有從不相信撒旦存在著，看了之後全都驚得目瞪口呆。」

「先生，」在這不算太冷的溫度下，我卻直感到遍體生涼，就回答道：「你講的話就好像謎語一樣。而且說了你可能不會太驚訝，就是我對於你的話聽得大有一種不可盡信之感。只是這條神神秘秘的服務之路我已經走得太遠，不看到終點絕不甘心停下。」

「很好。」訪客回應道：「藍儂，你記住自己的誓言：以下發生的事情是我們兩人的專業機密。現在，你這長期以來始終侷限在最狹隘而實際的視野裡的井底蛙，向來否定所有先驗醫學長處的傢伙，老是嘲笑比你優越之人的笨大夫——看著！」

他把杯子捧到嘴邊，一仰而盡。

繼之而來的是一聲長號；他左支右幌，搖搖欲墜，緊抓著桌緣，張大嘴巴咻咻喘氣；就在我定睛注視的同時，現場發生了（我想），某種變化——他似乎膨脹了——他的面孔瞬間變黑，五官似乎溶化而後改變——緊接著在下一瞬間，我猛然一躍而起，腳下登登倒退，背倚著牆壁，舉臂遮斷這幅怪異的景象，整顆心被恐懼的浪潮吞沒。

「噢，老天！」我尖叫著：「噢，老天！」一遍又一遍；因為站立在我眼前的是——臉色蒼白，身體搖幌，神志半昏半醒，伸長兩手在面前摸索，好似剛從死亡境地復甦的——亨利・傑基爾。

我怎麼也回憶不起他在底下一小時裡告訴我的話，無法把它記錄下來。我見到眼前看到的，我聽到耳中耳聞的，我的心靈對此感到萬分厭惡；然而當此刻那幅畫面已漸漸自我眼前消褪，我捫心自問是否相信那情景，答案是：不曉得。

我的生命遭受徹徹底底的搖撼；睡眠離我而去；極度的恐懼時時刻刻、無分晝夜盤據我心底；我感覺自己所剩的日子屈指可數，這條性命已經必死無疑；然而即使是到閉上雙目的那一刻，我還是依舊無法相信。

至於那人當面對我揭示的人性邪惡心理層面，縱然是在回憶裡，縱然是流著兩行懊悔的淚，每一凝思起此事的同時，我還是無法不從而產生一陣驚悸。我只吐露一件事，歐特森，這件事（假使你能夠打定主意相信的話）就已經遠遠足夠說明一切了。

當夜鬼鬼祟祟進入我住處的傢伙，根據傑基爾親口招認，正是因為殺害凱路而遭致警方搜遍城裡城外每個角落，世人稱之為「海德」的那號人物……

哈斯提・藍儂謹記

# 第九章　亨利・傑基爾的詳盡告白

# 1．雙重人格

我生於一八××年，一個家財萬貫的富裕人家。

除了環境優渥之外，並且擁有各項優異的天賦；生性勤勉，喜愛受到同儕之中睿智良善之輩的敬重。

是以，正如人們事先可以料想而知，我的未來必定會光明正大，前程似錦。其實，按捺不住想要狂歡作樂的傾向是我一生最嚴重的缺點。

它固然曾經使我獲得不少快樂，但我卻同時發現，正是它，導致我亟欲在人前昂首挺胸，隨時板起一張嚴正面孔的渴望難以如願以償。

因此，我開始悄悄隱藏起自己享樂的癖好；在累積多年深思熟慮、沈穩收斂的作風，並開始環顧四周，仔細評估自己在社會上的進展和地位後，我發現自己早已深陷於表裡不一的生活習慣中，再也無法自拔。

換做他人，對那種種令我感到心虛的違常心理，勢必有很多人甚至會拿到別人面前大肆誇張炫耀；

然而，眼前業已鋪好康莊大道，正要展望遠大前程的我，卻只有懷著一股幾近病態的羞愧之心，密切盯緊並加以掩藏。

是以，塑造我為當日之我的，與其說是因我那缺點經過任何特別削減，倒不如歸諸於本身對於熱中之事一步也不肯放鬆的天性。

甚至，我的心中存在一條遠比大多數人內心更深的壕溝，嚴格將那些同時既分隔、而又合組成人類天生雙元性格的善、惡轄區清楚劃分開來。

就此一事，我不得不針對那既為宗教之根源，亦是苦難、憂愁是豐沛泉源之一的嚴厲生命法則，做了一番深刻而又執拗的省思。

雖然我是如此徹徹底底的一個雙面人，卻絲毫不覺自己是名偽君子；存在我這一體的兩面同樣百分之百地——熱烈、認真；

當我拋開約束，投入羞愧的大海時，其面目要比那個在白晝之眼的監視中努力增廣見聞，或者解除憂愁苦悶的我更接近我自己。

機緣湊巧，我卻完全通往神秘主義以及先驗哲學的科學研究方向，正好為我那終年為本身各種性格交戰的自覺，反照、並放射出一束強烈光源。

日復一日，我同時汲取來自良知以及理智雙方面的智慧，漸漸以穩定的進度趨近於真相。

而這其中的部分發現便註定了我該遭逢此一可怕的毀滅。

那發現是：人的本身其實並非一個個人，而是兩個。

我說兩個；因為我的知識領域只能達到此限。

日後會有他人從而繼之，會有他人踩著同樣的路線超越我；我大膽猜測，直到最後人們對於「人」最終極的認識將是：僅僅是由五花八門、互不搭調、各自獨立的居民湊合而成群體。

我，就我個人而言，基於與生俱來的天性，必然會朝著某個方向前進，而且是唯一一個方向。

在道德良心的一面，我學會親身去體認人類徹底而又根本的二元特性；

我瞭解，縱然人們能夠在交戰於我意識領域的兩股天性中，理直氣壯地將我歸入其中某一類，也只是因為我的雙重性格極其徹底；

早自當年，甚至在本身科學探索的過程尚未開始暗示出如此驚人事實成立的可能性，明顯得有如一場心愛的白日夢以前，我便開始學會欣欣然沈緬於一一細想這些白日夢的每一個片段，一一考慮這其中的每一個構成因子。

我告訴自己，假使這每個個別的因子都可以被單獨藏在單獨一個個人的體內，那麼人生便可以免除所有無法忍受的歷程；

便佞奸邪可以擺脫他那老實正直的雙胞胎的熱望與懊悔束縛，撒開大步，任他要如何我行我素；

耿介正直也可以穩穩當當，安心去走他的老實路，放手做他樂在其中的善事，不再因為這與他風馬牛不相及的邪惡使壞而受拖累，被拉到恥辱、悔恨的面前展覽。

是人類的常規使得這一對對互不協條的束鐵硬被綁死在一塊兒——是以在個人意識絞痛的子宮中，這一對對性格南轅北轍的雙胞胎勢將永不間斷地相互纏鬥下去。

因此，究竟要如何才能將他們拆開？

正如我之前所說的，迄今為止，我始終都在一個人暗自熟思、內省中。此時，來自實驗檯上的一束偏光忽然開始照亮這主題。我開始針對這具看似如此堅硬紮實、容得我們盛裝打扮，在其內部任意行走的人身那令人顫慄的無形物，那煙霧般迷離的奧祕與抽象，進行比起截至目前為止所陳述的內容更深入的體悟。

我發現其中某些媒介甚至如同可以掀倒整頂大帳篷帷帳的狂風一般，具有足夠擺脫、扯落那具外在皮囊的力量。

基於兩個好理由，我將不會在告白中深入談論此一科學方面的枝節——其一，因為我已乖乖學會我們人生的命運和負擔，註定是要永遠被捆綁在人的肩頭上；當我們企圖要甩掉它時，它只會帶著更陌生、更可怕的壓力，重新回歸到我們身上。

其次，因為，正如我的記述將會指明的，天哪！我的發現很顯然——很顯然——並不完備。

但在當時那卻已經足夠形成一股誘惑，唆使我在經由某些構成我精神、人格的力量所散發出來那股肉眼看不見的氣息、光輝去重新認識自己天生自然的本體之餘，更進一步設法去合成某種藥物，借以讓這些力量遭他們至高無上的君主逐離，同時組成第二副對我而言同樣自然的軀體容貌；

因為它們本是由原來的我淬取而成的，並且俱備我心靈中那些低級成份的表徵。

在將這個理論付諸實際測試以前，我曾猶豫過一段很長時間。

我很清楚自己必須冒死亡風險；因為無論任何藥物，其效力既然強到像這樣足以控制並動搖人體最重要的安全堡壘，只要在施用之時劑多加了那麼一點點，或者時機有那麼一點點兒不恰當，就極有可能使那我原期待著它產生變化的無形物大本營被完全炸毀。

然而，能夠創下一項發明的誘惑力是如此獨特而又深植我心，終於戰勝種種可能招致大恐慌的預警。酊劑是我老早以前就已準備好的；

這時我迅速從一家大型藥商那兒，購來大量某種特殊的鹽。根據過去實驗，我知道那是我進行此事所需的最後一種成分。

然後，在某個該死的深夜，我將所有成份混合在玻璃杯裡頭，親眼盯著它們在杯中一起滾沸，冒出裊裊的煙氣。等到沸騰現象平息後，並勇氣十足地一口氣喝下整份藥水。

繼之而來的是——陣陣撕心裂肺的劇痛：渾身骨頭摩擦碰撞、痛苦難當，強烈的噁心，以及一陣即使是遇到生死交關之際也無法超越的精神恐怖感……

緊接著這些痛苦迅速開始消褪，而我就彷彿大病初癒一般，恢復了正常。

我的全身感官透著某種奇怪的感覺，某種難以言喻的新鮮感，同時又自這股新鮮感中，領略到一種不可思議的甜蜜。

我感到自己的身體更年輕、更輕靈、更快活；

我意識到一股樂得人整個輕飄飄的魯莽，一連串恰似激流般，亂烘烘飛奔於我幻想之境的狂歡縱欲影像，一股解開所有約束之鉗制的釋懷，一種不明不白、卻非純潔無知的心靈自由。

在這條全新生命剛剛呼吸第一口空氣的當兒，那遠比本來邪惡、邪惡十倍的我，即已霍然明白自己賣給了我那原始惡性成為任它驅遣的一名奴隸；而正當彼時彼刻，這個念頭卻猶如醇酒一般，把我灌得精神百倍，快活無比。

我伸長雙手，陶醉在這些新奇的感覺中；而就在伸出雙手的那一瞬間，我赫然發現自己的身材縮小了。

當時我的房裡一面鏡子也沒有；現在我寫字時立在一旁的穿衣鏡，便是事後專為這些變身行動才買的。

總之，那時夜已深沈，眼看就要進入早晨——雖然曙光昏暗，卻隱隱然已有白晝將臨之感——與我同屋而居的人們，全被深鎖在睡鄉的最深處；我滿面紅光，懷著滿腔希望，得意非凡，決心就以這副新外型，冒險跑到有好一段距離之外的臥房。

我首先穿越後院；正當其時，滿天星斗齊自高空向我俯視；驚愕之餘，我可想像何人是它們那終宵不寐的保安隊即將向它們舉發的第一對象；

我以一個陌生人身份，在自己住處偷偷摸摸地通過走廊，進入自己的房間。進去之後，首度見到艾德華・海德的儀表。

在這裡，我必純粹就理論發言，所要說的不是自己知道，而是推測中最有可能的情形。

長久以來，我那現在才被我轉印上不可磨滅功效的邪惡天性，始終未像剛遭我革職的善性那樣有著長足的茁壯和成長。

再者，畢竟在我一生中，日子過得努力、端正、節制的時候至少有百分之九十，而惡性的發揮、消耗自然就遠遠不如那般多了。

我想，也就正因這樣，所以艾德華・海德的身材、體重、年歲才會比亨利・傑基爾小得那麼多。

儘管善的光輝閃耀在其中一人容顏上，另外一人的臉龐卻明明白白、公然佈滿了邪惡。

除此之外，該股邪惡（至今我仍相信它是人類毀滅性的一個）還留駐於那人軀幹、四肢上，並且烙印下畸型、頹靡的痕跡。

而當我看著鏡中那名醜陋的邪神時，心中非但未曾意識到半點厭惡，反而只有一股求之不得的雀躍。這，同樣是我自己。

那張臉上的五官、表情十分自然而酷似常人。在我眼中，它具備了更為鮮明的精神形貌，似乎遠比迄今為止，人們慣常稱之為我的那張不盡完整、不符合實際的面孔更為傳神，更加表裡如一。

直到目前，我的感覺無疑十分正確。我注意到，每當我以艾德華・海德的外貌出現時，凡是靠近我的人，無一不是乍相逢時便明顯產生一股對人性惡的一面之疑懼。

我認為，這是因為我們所遇見到的所有人類，全是善惡混合之下的成品：唯獨艾德華・海德，在上至帝王將相、下至販夫走卒等等所有階層的人類間，只有他是百分之百的邪惡。

不過，我只在鏡子前面逗留一下子而已；真正具有決定性的第二步實驗還有待嚐試；

我還得弄清自己是否已經無可挽回地失去自己的身份，必須趁著天亮之前逃離一座已經不再屬於我的房子；

於是，我匆匆趕回我的私人房間，再度準備好藥物，將它一口吞下，再度承受陣陣撕心裂肺的劇痛，然後再恢復那個有著亨利・傑基爾性格、身量、面貌的我。

那天晚上，我走到了致命的十字路口。

倘若當時我懷著更為高貴的精神去致力於自己的發明，倘若我是在寬大或是虔敬的熱望主宰下冒險進行該實驗，一切勢必都會改觀，而在歷經這些生與死的苦痛之後，也會一步步趨近於天使，而不是像個魔鬼似的。

那藥物沒有什麼差別性作用；它既非窮凶惡極，亦不是神聖超凡；它只是震動了囚禁我性情之監獄的每扇牢房門；一如菲利比城❶中受困的俘虜，那些搖幌的牢門就在可以逃離的範圍內。

我的美德在那一時刻休眠了；至於我的惡德則在野心的聲聲叫喚之下被吵醒，提高警覺，迅速逮捕好機會；而艾德華・海德正是它所瞄準的目標。

因此，儘管如今我在擁有兩種外形之外也同時擁有兩種性格，其一為全然邪

❶菲利比為希臘馬其頓中北部之古城，安東尼和奧大維曾於此處擊敗布魯塔斯。

惡，另一個則依舊是原來的亨利・傑基爾，我卻已經開始懂得被加以改造、革新後創造出這混合物前的我感到失望。

於是，從此以後，整個事態便完全趨向更惡劣的方向發展。

縱然是到了當時，我對研究生涯的枯燥乏味還是有著難以克服的嫌惡。偶而，我還是會三不五時接收到人們愉快的安排；而我那些個樂趣（至少可以這麼說）多少都會有損於一個人的尊嚴，但本身卻不僅是位名聞遐爾、德高望重的人士，並且正逐漸邁向所謂年長者之林，這種互相矛盾的生活遂日益令我厭煩。

於是，我的新力量開始誘惑我向這一方靠攏，直到我深陷其中，成為它的奴隸。

我只消喝下杯中藥物，立刻蛻掉那名博士的軀殼，像套上一件厚厚的大衣般換成艾德華・海德的模樣即可。

想到這裡，我不禁莞爾一笑；在當時，我覺得那似乎是個幽默的念頭；所以，我開始以最小心、最謹慎的態度去進行我的準備。我租下後來警察追蹤海德時搜索過那棟位於蘇活區的房子，並且加以裝潢；聘請一個我很清楚絕對不會多嘴多舌、而且本身又粗心大意的人來當管家。在另一方面，我也向家裡的僕人們宣布海德先生（其長相經我加以詳細形容過）在我位於街區這幢宅第裡，擁有百分之百的自由及權力。

為預防萬一有任何不幸之事發生，我甚至自稱、並讓自己化身為我那另一個體的熟人。

緊接下來，我擬妥那份令你強烈反對的遺囑；如此一來，一旦那個以傑基爾醫生身份出現的我出了什麼事情，我便可以以艾德華・海德的身分繼承遺產，而不會有任何金錢上面的損失。

正如我事先料想的，在安排好這些防衛性的措施後，我開始在各方面享受到免除原身分的種種不便所帶來的利益。

在過去，人們為了顧全自己的性命和名言，總是僱用殺手去代替他們執行犯罪。而我是第一個可以只為自己高興，任意胡作非為之人。

我是第一個可以在眾人虔誠敬仰的目光中，拖著遲緩的腳步吃力地行走，短短不到幾秒鐘之間，卻又像個小男生般脫去這一切外衣，率爾躍入無拘無束的自由海中之人。

但就我而言，披著那身刀槍不入的大衣，我的安全根本不用憂慮。想想——我甚至根本就不存在哩！只要讓我逃進自己的私人房間，給我一、兩秒鐘時間好調和、並吞下我隨時準備好放在那兒的藥劑；無論艾德華・海德究竟做過些什麼，他都會像呵在鏡面上的淡淡煙氣，消失得了無痕跡；

取代他而現身於房內的，正是神態自若、就著燈光埋首學問，絕對有資格對那懷疑報以哈哈大笑的亨利・傑基爾。

我說過，那些在我喬裝改扮中急急尋找的樂趣，都是有損顏面的；換做原來那個我，就算強按著或強逼也不可能去做。

然而，一旦到了艾德華・海德手中，它們卻會很快就朝著恐怖、驚人的方向演進。而每當我想從這些脫軌狀況抽身而返時，卻常會因驚歎於那假他之手代我執行的罪惡，是以深陷其中，無法自拔。

這名由我從自己心靈中召出，並只為滿足其樂趣而使之誕生、現形的親密伙伴，是個承襲本體的凶殘、惡毒因子而生之人；他的每一舉止、每一思想無不以自我為中心；狼吞虎嚥地享受從對別人施加各種不同程度折磨得到的樂趣；冷酷得有如一尊無血無淚的石頭人。

偶而，亨利・傑基爾會滿臉驚駭地擋在亨利・傑基爾的行動面前；然而那場面不僅與一般的法律無關，也不是想藉此狡滑地鬆弛道德良心的緊抓不放。畢竟，有罪的是海德；只有海德一個。

傑基爾並未變壞；他再度體察到他那些彷彿絲毫未減的優點；他甚至會針對還有可能的地方，急急忙忙解決掉海德所做的惡事。而他的良知也就這樣，迷迷糊糊睡著了。

我無意深入討論因我這般縱容（就算我多麼不願承認確有此事）而造成醜行之細節；

我想做的只是揭示出其中的警惕，以及那些一步步將我的責罰成功帶到我面前的步驟。

我遇上一件意外事故；由於此事並未招來什麼重大影響，因此我將只是大略一提。

一樁對於某個孩童的殘酷行為激起一名過路人的憤怒；前些日子我從你的親戚身上認出他正是那個人。

醫生以及孩子的家人全來加入他的陣容；有那麼一小段時間，我著實為自己的生命擔憂不已；

最後，為了安撫那些人過於憤恚的情緒，艾德華・海德只得將他們帶至門口，付給他們一張以亨利・傑基爾之名開立的支票。

不過這項危險後來因為以艾德華・海德本身名義在別家銀行開了戶頭，很快就被輕易消除了；而當我在藉著對字體傾斜度往後拉的技巧，以一個簽名替自己製造出雙重身份後，便自認為已經置身於一切福禍所不能及的境地了。

大約在丹佛斯爵士遇害前兩個月左右，我又出門去從事我的冒險之旅，回到家中，時間已經極晚，隔日竟在睡眠中，帶著古怪的感覺醒來。

我左顧右盼，沒察覺出什麼異狀；再瞧瞧四周傢俱和房間的高度比例，一切悉符合位在自家的房間狀況，還是枉然；接著我又仔細辨認床單的圖案和桃花心木床架的樣式，依舊一無所獲；可是總有某種原因在不斷強烈主張，我並非置身於自己實際所在處，也不是在表面上看起來沒錯的那個房間醒來，而是正躺在蘇活區裡那個我習慣以艾德華・海德身分去睡的房間。

我兀自微微一笑，開始以心理學的觀點，懶洋洋地追究起種種造成這錯覺的因素。

即使是在這同時，偶爾，我還是會不知不覺掉回舒適的晨寐。

在其中一次再度清醒的時刻，依舊絞著腦汁探索各種可能的我視線湊巧落在手上。

唉，正如你常談到的，無論大小、形狀，亨利・傑基爾的手都非常合乎醫生這一行的專業特色：白淨脩潔，大而堅定，看在眼裡舒適透頂。

然而，此刻在倫敦早晨的黃光下，我卻清清楚楚看見那隻半擱在床單上的手：骨瘦如柴、青筋畢露，暗沈沈、灰般的色澤，覆蓋著一片濃濃密密的細毛，分明是——艾德華・海德之手。

驚訝得動彈不得的我，想必至少盯著它愣愣看了有近半分鐘，這才恍如猝聞鑼鈸大作，一股恐懼陡然自胸中驚慌地高漲。

在視線乍一接觸那隻手的瞬間，我的全身血液彷彿突然變得稀薄而冰冷。不錯，我上床時的外觀、身分的確是亨利・傑基爾，一覺醒來，卻已換作艾德華・海德之軀。

這究竟該如何解釋？我捫心自問；驀然，另一股驚駭飛竄出——補救之道，應該怎麼做？時間已經是日上三竿了；家裡的僕役們也都已經起床；我所有的藥物全都存放在私人房間——而從內心驚慌失措的我當時所處的位置到達那裡，中間還得先下兩段樓梯，行經後走廊，穿越一覽無遺的庭院，通過解剖室，加起來可是很長一段距離哩。

的確，我或許可以遮掩住自己的臉龐；但在無法隱瞞身材改變的事實情況下，就算遮住臉龐又有何用呢？

這時一股如釋重負的甜美感覺強烈地湧回心田，我想到，家中的僕人對於我的副身子在這屋裡來來去去早就習以為常。

我儘快穿上原來呎吋的服裝，快速通過住宅；布雷德蕭看見海德先生七早八早出現在屋裡，又是一身奇怪的裝束，不由得兩眼發直，目瞪口呆。

十分鐘之後，傑基爾醫生已經恢復原狀，正鎖著愁眉，假託吃早餐以掩飾心中的不安。

其實我哪有什麼胃口？

這無法解釋的意外事件，這顛倒我那操之過急的實驗之狀況，就像出現在牆上的巴比倫之指，彷彿正要一字一句慢慢吐出我的審判狀；我開始以前所未有的嚴肅態度仔細思考這雙重存在的種種後果和可能。

那經由我的力量所設計出來的部分近來得到大量的實際操練和滋養。最近我似乎感覺到艾德華・海德的身心彷彿都在成長；我彷彿（當我帶著那身軀殼時）意識到更澎湃的血氣奔騰；我開始偵測到一股危險，萬一這種情況繼續延宕太久，說不定我那天性的平衡會被永遠推翻，自發自主的力量將會被強制沒收掉，而艾德華・海德的性格也會成為我的個性，再也沒有辦法挽回。

那藥的效力並非每次都展現出同樣成果；在很早很早的初期，有一次它根本完全不起半點作用。

從那時起，我就開始不止一次不得不把它加到雙倍份量，甚至有一回還冒著可能致死的危險，一次吞下三倍藥物；

正是這些難得發生一次的不固定藥量情況，在我的滿足之中投下第一片黑色的陰影。

總之，經由那一早上的意外事件指引，此時的我開始注意到，雖然一開始時遇到的難題是要如何快速地擺脫掉傑基爾的身體，近來卻漸漸、但絕無疑問地轉向該如何恢復或保持方面。

是以，這種種現象似乎明白指出這一點：我慢慢失去了對於最初那個較好的自我之掌握，並且變得逐漸和另一個較差的自我融合為一。

現在，我覺得自己必須在這兩個我當中做個抉擇。

我那兩個面目不同的軀體雖然有著共通的記憶，但其他所有天賦、才能卻都大不相同。

善惡兼備的傑基爾如今除了懷有重重最敏感的憂慮，也同時懷有一股貪婪無厭的興味，不但替海德構思他的種種消遣和冒險，並且分享其中的滋味；然而，海德對於傑基爾的一切卻淡漠異常，再不然就是在記憶中只把他當做是個山上的土匪，一個記得某處供他在逃避追捕之時藏身洞穴的土匪。傑基爾擁有類似一個為人父者的關懷；海德偏向為人子者的冷漠。倘若將我的命運全寄託給傑基爾，那麼我多年以來暗暗沈緬、並自最近開始放縱享受的種種嗜好和欲望，都將轉眼一一消逝。倘若是把他交付給海德，那麼無數的興趣和抱負必會煙消雲散，並在一轉眼間失去所有朋友，變得永遠孤獨無依，被人瞧不起。這交易的條件表面上看去雙方並不相等；然而實際上卻還有其他考慮必須拿來仔細斟酌；因為同樣的情形發生在傑基爾必須忍受種種禁欲、節制煎熬時，海德卻根本不會覺察到自己有任何損失的後果發生。

儘管我當時的處境是那麼奇怪，但這一番沈思所須考慮的條件卻和一般人同樣陳舊而平淡無奇；那一個個誤中陷阱、害怕發抖的罪犯，他們所受到的引誘、刺激差不多正是這些，他們所聽到的死亡警訊也差不多都是同樣；

一如我絕大部分的廣大同胞，最後我選擇的是那個心性較好的角色，結果卻被發現缺乏足夠力量維持。

不錯，我比較喜歡那個上了年紀、心中有所不滿足，但卻朋友環繞，懷抱著種種光明正大希望的醫生。

我向因為化身海德所享受到的放縱自由、相形之下的年輕、輕盈敏捷的腳步、躍躍欲試的衝動，以及暗地裡不為人知的樂趣堅決告別。

或許，我是在潛意識裡帶著幾分保留的情況下做成這決定；因為我既未退掉那棟位在蘇活區的房子，也沒有銷毀至今仍好好擱在私人房間裡那些艾德華・海德的服裝。

不過，在最初那兩個月裡頭，我確實遵守住自己的決定；

整整兩個月的時間，我過著一板一眼、從來不曾有過的嚴肅生活，並且享受良心的嘉許，做為放棄另一身份的補償。

可是，隨著時間消逝，我那警鐘所帶來的新鮮衝擊也漸漸被淡忘，而良心的稱讚卻好像變得理所當然；在海德不斷力掙解脫束縛的情況下，我開始飽受各種努力掙扎，以及殷切渴望的痛苦折磨；

終於，當某個道德力量又開始薄弱的時刻，我再度合成那化身藥物，一口吞進肚子裡。

我並不以為，當一個酒鬼在為自己的惡習找盡理由說服自己時，那貫穿於他的感官、肉體的麻木之中，由他自己引入的種種危險，能有一次不帶給他五百倍影響；

同樣的，在考慮自己未來趨向的這麼長一段時間裡，我也從未徹底打開門戶，容許自己的心靈無感情、無知覺至隨時準備放那構成艾德華・海德主要人格的惡性通行。

然而導致我遭受懲罰的正是這些個性。我的惡魔已經被禁錮太久，籠門一開，他便暴吼如雷地撲嘯而出。

即使是在藥物甫一入口的瞬間，我也已經隱約感覺到一股更加不受羈束、更為蓄勢洶洶的為惡嗜好即將狂奔而出。我推想，當我正滿腔不耐，靜靜聆聽著我那不幸被害人彬彬有禮的言談時，攪亂我那一肚子焦躁狂風暴雨的，必定就是這股渴望為惡的嗜好；

至少，我可以當著上帝面前大聲宣告，沒有一個心理健全的人會因為如此微不足道的刺激，就犯下那般可怕的滔天大罪。

蠱惑住我的那陣情緒，其實就像可能讓一個生病的孩子砸壞玩具心理原因同樣不可理喻。

然而，我卻早已自動剝光自己一身平衡的本能；憑藉那些本能，即使是世上最差勁的人類也還能帶著某種程度的鎮定，繼續行走於各式各樣、五花八門的誘惑之間；

可是我呢？即使是只受到一點點再輕微的引誘，也足以讓我失足走入歧途。

剎那間，兇惡的精靈在我體內甦醒，張牙舞爪並且勃然作色。

一陣心蕩神怡的迷離令我不知自己在做些什麼，動手毒打那名毫無招架之力的老者，品嚐每一記痛擊帶來的快感；

直到疲憊開始繼之而來，處於極度精神狂亂中的我這才驀然驚醒，恐懼的寒意宛如一支冰針，瞬間鑽透我心靈。

迷霧散去；我看出自己的人生即將遭到斷送，急急忙忙逃離這同時既令我狂歡得意，卻又忍不住驚悸顫慄的暴力行為現場；為非做歹的欲望已經得到滿足和鼓舞，此刻的我對於生命之愛漲至最高點。

我匆匆直奔位於蘇活區的那棟房子，（為使本來就萬無一失的情況加倍有保障），銷毀存放在屋裡的所有文件；隨後，我懷著同樣欣喜若狂的情緒，離開那棟房屋，走在路燈明亮的街頭；

一路走，一路為方才的罪行竊喜在心，並滿心愉快地勾勒著未來要做的壞事，不過腳下卻仍始終加緊步伐，並豎耳聆聽是否有仇人追來的聲音。

海德口中哼著歌曲合成藥劑，一口喝下，好像在為那死者乾杯。變身的劇痛還未完全結束對他的撕裂，亨利・傑基爾已經流著滿面感激和後悔的淚水，跪倒在地，握緊拳頭，舉手向天。自我放縱的惡性從頭分裂到腳底。

我從整體的角度來觀看自己的人生：循著這條視線，我看見自己在父親的牽扶之下散步的童年，歷經職業生涯無私無我的艱辛，最後帶著同樣虛幻的感覺，一遍又一遍，回到當晚一幕一幕令人毛骨悚然的畫面。

我差點忍不住扯開喉嚨，大聲尖叫；淚水模糊了我的視線；我不斷祈禱，試圖壓抑那不顧我的反抗，隨著記憶一湧而上的大量醜惡畫面和聲音；而在這同時，我那邪惡之身的醜陋臉龐卻依舊趁著禱告之間的空隙，一遍又一遍眈眈逼視我的靈魂。

就在這懺悔的活動開始消失的同時，它立即在喜悅的感覺推動之下緊接著登場。今後該往哪個方向走的問題已經不復存在。海德從此以後再也不能夠出現；不管我願不願意，今後將只被固定在較為良善的那個個體裡；噢，想到這裡我是多麼歡欣雀躍！帶著心甘情願的謙遜，我再度重新擁抱正常人生中的種種嚴格限制；帶著發乎真誠的自制，我親手鎖上那扇我經常藉此來來去去的門，丟掉鑰匙，狠狠踩在腳底下。

隔天，命案過程從頭至尾被人從高處看見的消息傳來，海德的罪過鬧得舉世皆知，而命案的受害人則是個廣受大眾極高評價的人。

那實際上不僅僅是件罪案而已，更已經成為一樁悲慘無比的荒唐行為。

我想我很慶幸得知這一切；我很慶幸自己較為良善的衝動已經因此獲得刺激，並受到對於手鐐腳銬的無限恐懼所護衛。

傑基爾如今成為我的避難城市了；只要讓海德稍稍向外探頭一秒鐘，所有的人都將義不容辭地動手抓他，將他殺死。

我下定決心要以未來的行動為往事贖罪；

我可以公公正正地宣稱，這個決心後來確實結下些善果。

你自己可以清楚看見，在去年最後的那幾個月裡，我是多麼努力去從事救苦救難的工作；

你曉得我為別人盡了多少心力，明白隨著日子一天天平波無事地過去，我幾乎都替自己感到高興起來。

這種清清白白、利人利己的生活，老實說，我過得一點也不感厭倦；

相反的，我想我是愈來愈能徹底享受箇中樂趣了；

然而這時的我卻依舊擺脫不了因意志的二元性所帶來的痛苦；

就在刮心刺骨的利刃刀鋒剛被磨鈍時，經過長期縱容，直到最近才遭監禁的內心低劣面，便開始聲聲咆哮著要求出去亂闖。

並非我夢想著要令海德復活；光是想到那個念頭都會把我嚇得快發瘋：不，再度接受誘惑而去戲弄自己良知的我，正是原來的我本身；

至於，最後終於不敵那誘惑的陣陣襲擊歸降的我，則只是個一般外人難以窺知的道德罪犯。

一切事情都告結束；這個容器縱有再大的容量，最後還是會被填滿；而這對於我那惡性短暫的一次曲從，終於完全摧毀我那心靈的平衡。

可是，我依舊不曾因此而緊張恐慌；那潰防來得太自然，就好像只是要回到我尚未完成發明前的舊時光。

那是一個溫和晴朗的正月天，溶化了的冰雪在腳下流成濕濘濘一片，可是頭頂上卻是萬里無雲；攝政公園裡到處可聞吱吱喳喳的冬季鳥類在鳴唱，空氣中又飄滿了香甜的春日芬芳。

我坐在一張長板凳上沐浴著陽光；內心裡的那頭野獸正在舔拭記憶的斫痕；

精神的崇高面微微打了個瞌睡，預示著悔罪也將隨之步上其後塵，只是到目前為止還沒有開始罷了。

畢竟——我認真地自我反省——我和我的鄰人們很相似；然後，我微笑著拿我自己和別人做一比較，拿我那積極活躍的善意，和懶洋洋地、受他們疏忽了的殘酷相比。

正當腦海中思忖著那一自負思想的瞬間，驀然一陣極端恐怖的作嘔、伴著全身雞皮疙瘩的顫慄，夥同強烈的良心不安一起襲上心頭。

而後這些現象一一地消逝了，只留下頭昏眼花、四肢軟弱無力的我；慢慢地，當這陣暈眩也歸於平寂以後，我開始察覺到自己的脾氣在思索之間已經發生了變化；一股更加大膽的魯莽，一種對於危險的藐視，一陣解脫所有約束之束縛的釋懷。

我低下頭；看見我的全身服裝鬆鬆垮垮地垂掛在我那萎縮了的四肢上；擱在膝頭的那隻手灰灰暗暗的，上面佈滿了手毛。

我又再度變成艾德華・海德了。不過在短短的一剎那之前，我還始終安然享有人人的敬重，富裕多金，廣受大家的喜愛，過著茶來張口，飯來伸手的生活。

而此刻，我卻成了所有人類的獵物，遭受追緝，無家可歸，是個人盡皆知的殺人兇手，終必逃不過被吊上絞架下場的奴隸。

我的理性雖動搖，但並非真正完全棄我而去。

我曾經再度觀察到，在我的那個第二副身體的身上，種種本領似乎強化到更能夠發揮它們的效率，精神狀態也變得更加緊繃，富有一觸即發的彈性；

亦即如今發生的情況很有可能是：一旦傑基爾恐怕再也抵擋不住誘惑時，海德就會立刻在那重要的一刻現身。

我的藥物全都收在私人房間裡頭的一座櫥子裡；現在我要怎樣才能拿到它們呢？我揉著兩邊太陽穴，苦苦思索著自己替自己找來的難題。

實驗室的大門已經被我關閉了。

倘若我想直接回到自己家中，從住宅那頭進去，肯定會被家裡的僕人們給扭送到刑場去。

我瞭解自己勢必得另外找個幫手，並且想到了藍儂。只是要怎樣才能接觸上他呢？又要如何加以說服？

就算我能躲開街頭被捕的命運，又要怎樣才能設法出現在他面前？而且身為一名素不相識、又沒有人緣的訪客，我究竟要如何才有辦法說服那位大名鼎鼎的醫生，讓他跑到自己的同行——傑基爾大夫房裡去搜取目標物？

這時我猛然想起一樣風貌不改，依舊隸屬於我的東西，那便是我的字體：我可以用我本身的字體寫信；一旦我的腦海迸現這點火花後，這條非走不可的途徑就馬上從這頭亮到那頭，燈火通明。

於是，我儘可能將全身上下的服裝整理整齊，叫住一輛行經面前的二輪雙座小馬車，前往一家我湊巧記得名號、位於波特蘭街的旅館。一看到我的外表（不管那一身服裝所遮蓋的是怎樣悲慘的命運，我的樣子的確夠滑稽的了），那名車夫立即忍俊不住的咧著嘴偷笑。

我咬牙切齒，對他露出一臉惡狠狠的怒容；車夫驟然色變，臉上笑意一掃而空——算他幸運——不過更幸運的是我，因為只要再多延遲那麼一秒鐘，我一定動手把他揪下他的駕駛座了。

來到旅社，我甫一進門便沈著一張足以嚇得所有侍者全身顫抖的面孔，陰森森地環顧四周；在我面前，他們甚至不敢互相遞個眼色，交換個表情，只敢卑躬屈膝地遵照我的指令將我帶到一個僻靜的房間，送來必要的書寫用具。

對我來說，置身於生命危險中的海德是位全然陌生的人物；過度的憤怒把他氣得渾身發抖，隨時隨地做好孤注一擲的殺人準備，熱愛帶給他人痛苦和創傷。然而，這人絕對是個機靈狡詐的滑頭；他努力付出極大的意志力量去遏制自己的暴怒；寫好兩封重要的信函——一封寄給藍儂，一封要寄給布爾；為了能夠收到信件確實投郵的證據，刻意吩咐旅館人員一定要以掛號寄出。

做好這一切必要步驟後，他便整天咬著指甲，坐在那個僻靜單人房間的壁爐邊；用餐時，侍應生隔著老遠一段距離站在他視力可及處，畏畏縮縮不敢靠上前來；陪伴他的只有滿腹的疑懼。

等到夜色完全降臨後，他便叫來一部密閉式的單馬車，坐在車廂的角落，滿城大街小巷地來回。我只能稱他為：「他」，無法稱做是：「我」。

那個罪惡之子毫無半點人性，存在於他心中的除了恐懼便是憎恨。

終於，在認為車夫恐怕已經起疑後，他下了馬車，鼓起勇氣，穿著那一身極易成為觀察目標的不合身衣著，冒險混入夜間的行路者當中。

涵蓋於他此人身上的兩股主要熱烈情緒，恰似一場狂風暴雨般在他體內呼呼作響、拼命咆哮。

千絲萬縷的焦慮、恐懼死死纏住他，一路在他的耳邊嘮嘮叨叨。

他腳步飛快，偷偷摸摸行走在幾條較為冷清的街道，計算著直至午夜之前還得捱多少時間。

路上曾經有個婦人找他攀談；大概是想兜售一盒火柴吧，我想。他舉起拳頭對準她的臉部揮去，那名婦女趕緊拔腿逃之夭夭跑了。

當我在藍儂家中恢復原身那一刻，老友臉上驚駭莫名的表情或許多少影響到我心理：我不知道；至少那與我回顧這段時間所產生的深惡痛絕相比，不過是掉到大海中的一滴小水滴。

我的心理陡然產生一股變化。不再害怕被送去接受絞刑，只是恐懼擔任那毀滅我的海德先生。我如在做夢一般接收到來自藍儂的定罪，又如夢遊般地回到自己家中，上床就寢。

歷經那一整天身心勞頓的我馬上進入城池牢固、防備森嚴的睡鄉，縱然是終夜壓迫著我的夢魔也無法將之攻破。

隔天早上，我醒來後全身無力，手腳發軟，然而整個精神卻已是煥然一新。我依然厭惡並且害怕想到那蟄伏在我體內的殘酷之人，同時當然也沒忘記昨日種種令人膽慄心驚的危險；

不過，此刻我已再度回到家中，置身在自己擁有的宅邸，而且藥物就在隨手可以拿到的地方；死裡逃生之後的感激為我心靈照耀強烈的光芒，幾乎可以敵上明亮的希望之光。

吃完早餐，我悠悠閒閒地散步經過庭院，怡然自得，領略空氣中的冰寒。這時，那些預告著變化即將來臨的種種奇異感覺突然再度竄起，襲遍我全身；我落荒而逃，倉惶奔向自己的私人房間，甫一進入房門，那隸屬於海德的所有激昂情操即又再度大舉肆虐、狂嘯。

這一回，我必須服下雙倍藥劑才能恢復本來的樣子；而，天哪！六小時後，正當我坐在房中，悲哀地凝視著一爐爐火時，陣陣劇痛再度出其不意地發生，我又必須再調配一次那藥劑。

總之，簡單地說就是自從那天開始，我就彷彿只有在經過大量的劇烈體格操練下，只有在迅速吞服我的藥物時，才能夠保有傑基爾的外貌。

無論黑夜，不管白天，那前兆性的戰慄時時刻刻都有可能來襲；尤其甚者，每次只要我一睡著，甚或只是一不小心稍微打個盹，醒來時候必定是海德之身。

處於這種隨時隨地逼迫人的劫數壓力下，加上我那自作自受的失眠，現在的我在以原來身份存在時，已經變成一個全身皆遭狂熱吞噬、掏空身體、心理全都虛弱憔悴的人，腦海裡頭盤繞的思想只有一個：對於我那另一自我深深的畏懼。

那境遇，啊！甚至超過所有我曾想到過可能發生在人身上的情況。可是一旦當我睡著，或是藥效減弱時，整個人便會在幾乎不經任何過渡程序情況下，（因為那伴隨變身而來的劇痛已經日漸變得越來越不顯著）馬上遭到一個充滿恐怖影像的幻想，一顆滾滾沸騰著各種沒來由憎恨的心靈，一具看似不夠強壯、難以包容所有狂暴生命活力的軀殼附身。

總之，隨著傑基爾的病弱，海德似乎得到大幅成長。至於此刻分隔開兩人的那股怨恨，顯然誰對誰也不比誰更少。

此時的他已經看清那具與他分享意識現象、共同承繼死亡的創造物身上，那不折不扣、徹底的畸型。

而撇開這些共通的範圍，他認為，在他倆本質方面造成他最深切苦難的原因，是因除了擁有一身旺盛的精力，海德先生不僅是具備惡魔般特性之人，更是一個無機的產物。

這是一樁駭人聽聞的事實；那發出哭喊、說話聲音的是恍如瀝青的黏液；那做出表情達意動作、犯下罪惡行為的是沒有組織的東西；

那對於人生的各處營業處所發放高利貸的，更是沒有生命、沒有知覺、沒有固定形狀的死物；而將那叛逆的恐怖原因與他黏合得比妻子更近、比眼睛更密的又是這東西；當他被囚禁在自己肉身的牢籠中時，耳中可以聽到它不斷喋喋抱怨，感覺它努力掙扎著想要誕生到人間；

同時在每一個虛弱的時刻，在私下無人的睡鄉裡，它更戰勝了他，把他驅逐出生命之外。

至於海德對於傑基爾的憎恨，則是屬於截然不同的類型。害怕絞刑促使他不斷進行暫時性的自殺，放棄完整個人，回歸到只是附屬於人體一部分的次等地位；

但他討厭迫不得已，憎惡眼前傑基爾墮入的意氣消沈狀態，同時憤恨自己遭受的反感。

是以他整日淨愛對我做些猿猴般粗野的惡作劇，以我自己的手在我的書頁上抓出冒瀆的爪痕，焚燒信件、並損壞家父的畫像；

事實上，若非恐懼死亡，只怕他老早就毀掉自己，以便我連一併葬送進去。

然而，他對生存的喜愛程度令人不可思議；

我且進一步明說：我，一個光是想到他就驚慄張惶，噁心想吐之人，在明瞭他有多麼害怕我那可以透過自殺，連他一併根除的力量時，心中不由得對他產生一片憐憫。

拖拖拉拉、企圖增加這份說明的篇幅是沒有任何用處的，況且時間亦完全容不得我如此：只此一句，只此一句——我歷經從未有人忍受過的痛苦折磨——便已足夠；

然而，縱然是針對這些痛苦折磨，積久成習亦已經造成——不，不是程度上的減輕——而是心靈方面的麻木不仁，以及默默順從於絕望；

倘非目前已經降臨、並終於嚴厲阻絕我恢復原來面目、性格的最後一場大災難，我的懲罰或許還會持續多年。

我那自從首次實驗之後便未曾再補充過的備用鹽份量開始銳減，於是我命人出去購買新的補充品並且合成藥劑：沸騰現象旋即產生，但發生顏色變化的卻只是原來的成份。我一仰而盡，可是竟然絲毫不起作用。

你將會從布爾那兒得知，全倫敦的藥房我都派人去仔仔細細問過、找過了：全是白費功夫；如今我終於相信過去所使用的第一批鹽成分並不精純，而促使藥劑發生作用的，正是其中不知名的不純粹成分。

大約一個星期過去了，此刻的我正要在自己原來那些舊勢力的最後一絲影響下完成供訴。

唉，這同時也是亨利・傑基爾最後一次——有類似於奇蹟一般——可以想他自己的思想，或在鏡中看到自己的臉龐（如今已經變得不成人形的）！此外，我也絕不能夠拖得太久才結束書寫；因為雖然截至此時這份記述還能逃過被毀的命運，那也是經由莫大的節制加上十二萬分好運的結合方能達成。

萬一書寫途中忽遭變化之苦所襲擊，海德勢必會將它撕得化為片片碎屑。不過，假使時間在我寫好、收妥之後時間還能悄悄溜過一段，說不定他那驚人的自私天性以及存在於直至那一刻以前的轉寰空間，便足以安然保護它不至再度遭到他因粗鄙的怨恨所造成的行動摧殘。

事實上，那正朝著我們兩個逼近的劫數已經改變並且壓垮了他。

我知道，等到再過半個小時，當我再次、而且是永遠被重新賦予那討人厭的人格後，我若不是將會坐在自己的椅上不斷痛哭、顫抖，便是繼續帶著宛若驚弓之鳥般的緊張和惴惴不安，恍恍惚惚地在這房間（我最後一個塵世的避難所）踱來踱去，並不時豎著耳朵、疑神疑鬼地竊聽每個可能具有威脅的聲音。

海德是否將會死於絞刑臺上？或者他將在最後一刻鼓足勇氣尋求自我解脫？

天曉得；

我不在乎；這才是我真正的死亡時間，以下接著發生的事情是他一人的事，與我本身不相關。

所以，待我放下手中這隻筆，繼續密封我的告白時，那憂愁不幸的亨利・傑基爾生命亦已被我帶到終點……

〈全書終〉

# 關於本書

《化身博士》（*Strange Case of Dr Jekyll and Mr Hyde*）是史蒂文生最著名的作品，為迎合聖誕節市場檔期而寫成。據稱，一八八五年秋，他僅用三天就寫成草稿，後用六週完稿。故事靈感源自病癒中遭遇的一場噩夢。這本小書直至一八八六年1月才出版問世。傳聞，史蒂文生的太太讀了最初的版本，覺得小說雖然出色，卻更有成為偉大傑作的潛力，堅決要他燒掉書稿重寫。出版後，此書很快成為市場和評論界的寵兒，並熱銷全球。其核心主題——一個人同時擁有「傑基爾和海德」的人格，表現出社會和道德特質的分裂，在某種程度上剖析了私密自我和公開自我之間的分歧，以及個人慾望和社會責任之間的矛盾。能對此產生共鳴的，不僅僅是晚期維多利亞社會的中產階級職業人士，也包括世界其他地方的人。

這本書是罕見的現代神話，就算沒讀過該小說的人，對其故事概要往往也不陌生。「傑基爾和海德」已植入英語本身，成為慣語，形容具有雙重特質、善惡一體的人和事。自然，這部小說也被成百上千次地搬上舞台和銀幕。

《化身博士》的主角是倫敦一位有名的博士。朋友擔心他被一個名為海德的卑賤惡徒勒索，但很快發現，傑基爾博士和海德之間存在某種謎樣的關聯。可傑基爾博士縱容海德先生的妄行，還拒不解釋原因。他的豪宅有一扇後門供海德出入，他的銀行戶口也任由海德支取，海德先生必是對這位受人尊敬的博士擁有某種掌控力。這個卑賤之徒是否手握博士的把柄？懷著恐懼和怨恨，傑基爾身邊的律師和醫生朋友眼看海德的罪行一步步升級，最後竟殘殺了年邁的議員丹弗斯・卡魯爵士。

追蹤者在索荷區找到海德的巢穴，但這個禽獸卻消失了。後來，因為傑基爾終日躲在實驗室裡避不見人，眾人破門而入，發現傑基爾的屍體。最後一章是揭開真相的自白：在研究人性雙重性的過程中，傑基爾調配出一種藥劑，可以分離人格中善與惡的部份。原來，傑基爾博士和海德先生是同一個人！實驗逐漸失控，傑基爾創造出的黑暗能量漸漸佔據上風，壓倒了脆弱的具備文明教養的人格。最後，究竟是傑基爾博士在完全失控前消滅了自己創造的怪物、還是海德為逃避懲罰而選擇自我毀滅，故事無法定論，甚至說不清最後的告白出自誰的手：「我說『他』我沒法說那是我。」文字是如此語無倫次。

故事講述一位定居倫敦的體面博士把自己身上未開化的反社會人格分裂出來，構成一個矮小兇殘、精力旺盛的動物性自我，名為「海德先生」，藉此幹一些社會所不齒的樂事。但史蒂文生鋪陳的手法是多維而複雜的，如謎題一般，通過多個敘述者的視角，讓讀者的心永遠懸著。如果未事先了解情節，直到終章〈亨利・傑基爾的自白〉，讀者才會知道海德和傑基爾原來是同一個人。讀者被代入了傑基爾朋友的視角，他們眼看傑基爾博士新交了海德這個壞朋友，為此憂心不已。

小說之所以傑出，是因為它既可以解讀成保守的道德說教故事——告誡世人雙面生活的危害，同時又以一種激進、全新、現代的方式解構自我的概念，超越了單純的道德對立。保守的解讀方式尤其吸引到當時眾多神學家和道德批判家，他們痛感維多利亞時代晚期的英格蘭正滑入危險的墮落境地。

史蒂文生從小就受新教教規的嚴格教育，而在這部份讀者看來，他對惡的描述只是為了戲劇化地表現耽於罪惡和放縱的危害。傑基爾博士對惡的沉溺具有豐富的揭示性，他的衝動變得越來越嚴重，直到失去控制。牧師在講壇上用這部小說佈道，閱讀其中的段落，寓意道德約束的必要性。史蒂文生無疑對有著雙面生活的人著迷。他還寫過一部劇本，提到愛丁堡的一樁醜聞——一名以行善著稱的教會執事，卻在暗中賭博、酗酒、搶劫銀行，一七八八年被捕並上了絞架。

在十九世紀八十、九十年代的倫敦文學界，便有幾位因雙面生活招致醜聞的人物，其中最出名的便是一八九五年入獄的奧斯卡・王爾德。在出版初期小說大紅大紫的時候，傑基爾和海德還和倫敦東區「開膛手傑克」連環兇殺案聯繫到了一起。有人懷疑，殺害六名妓女的兇手是一個懷有變態報復心的博士。史蒂文生是否想藉故事表達靈魂的善惡面被割裂所將招來的危險？

同時，史蒂文生筆下的「雙重人格」和現代心理學的新發現不謀而合。十九世紀七十、八十年代，法國醫學界根據一套不太站得住腳的假設，發現同一個頭腦會在某些罕見情形下分裂出多條記憶鏈，甚至多個人格。女子「Felida X」的案例令醫生們大感興趣：她內向冷漠的人格會在昏睡後改變，變得更外向、親切和合群。經過多年研究，醫生宣稱，他成功地轉換了這兩種人格的位置。法國人稱此狀態為「雙重人格」。這不屬於道德問題，也不是善與惡的分歧，這僅僅是精神中不同性格的分裂而已。

英國心理學家F・W・H・邁爾斯（F. W. H. Myers）對這種反常現象產生興趣，並在一八八五年發表一篇文章，提出「多重人格」的概念。甫讀到史蒂文生的《化身博士》，邁爾斯即致信出者，表示他極有興趣研究這一項與現代心理學完全同步的案例。

雖然史蒂文生不願把自己寫的東西歸入心理學範疇，但小說的某些段落似乎符合其定義。傑基爾在自白中激進地表達：「我大膽作一推論，人類最終將被認識到只是一個由各種各樣不相容的相互獨立的移民構成的政體。」——也就是說，一個容納著多個不同自我的外殼。這種對意識的定義具有驚人的現代性。史蒂文生的小說以多種方式指向一種新型的、充滿生氣的心理學發展，其中最具影響力的成果，就是佛洛伊德在十九世紀八十、九十年代於維也納奠定的精神分析學。佛洛伊德本人也寫過關於雙重自我分裂的《案例研究》。

——本文摘自《大英圖書館》

# 作者簡介

西元一八五〇年十一月十三日誕生於英國蘇格蘭首府愛丁堡的全才作家羅勃特・路易士・史蒂文生一生飽受病痛折磨，尤其是呼吸系統方面的毛病，更使他自幼即時常纏綿病榻。

縱然如此，生性平易近人的他仍始終一本孜孜不倦的寫作態度，從不允許疾病和衰弱影響到他快樂的性格和筆耕，在短短四十四年的人生旅途上，史蒂文生無論在小說、散文、書信、童話、或者遊記與詩歌方面，均留下為數可觀且品質出眾的作品，百餘年來受到的熱烈歡迎程度歷久不衰。無怪乎人稱英國文學資料史上最為英勇的故事，首推羅勃特・路易士・史蒂文生之著作及其一生。

體弱多病的他從小就沒有機會接觸一般小孩的娛樂，也不可能如同別人那樣正常去上學。他的活動範圍多半拘限於床鋪上，但這並沒有使他對它產生厭倦感，或者怨恨它取代了他的歡樂天地。

相反的，史蒂文生將它視為一個「愉快的床單國度」，媽媽會在那個國度裡為他朗讀他所喜愛的故事。

在這樣的環境之下，羅勃特從六歲便開始以口述的方式來創作自己的故事。及至就學年紀後，他那擔任工程師的父親也會趁著巡視各地燈塔、碼頭的機會，偶而帶他出門一趟。小小的羅勃特・路易士・史蒂文生心靈中，遂逐漸裝滿高山，曠野，荒涼的海岸，汪洋環抱中的小島影像。

為符合家人的心願，史蒂文生曾在愛丁堡大學修習工程學學分，以便日後能夠繼承家業。但從事此一行業所需的豐沛體力和大量活動，顯然遠非身體孱弱的他所能夠負擔得起，所以後來他又轉而攻讀法律，並在一八七五年時順利取得律師資格。

只是他自始至終對於法律興味索然，況且此時亦已開始從事筆耕，一頭栽入認真的寫作工作，並下定決心，好好發展個人在演說、創作方面的天賦，是以終其一生並未真正擔任過一天執業律師。

此後數年，基於健康方面需要，史蒂文生一直周遊在德、法兩國和蘇格蘭之間，途中的山水風光、經歷見聞，都記錄於他一八七八年的作品《內陸之旅》，以及一八七九年的《輕騎旅行》當中。

更重要的是，他在一八七六年初次邂逅比自己年長十歲的范妮・葛立福・奧斯本，地點正是在法國。史蒂文生旋即認定這位已離婚的美國婦人是他一生中夢寐以求的女性，可惜兩人之間卻存在著重重難關。

在范妮返回美國舊金山的住處後，史蒂文生得知她臥病的消息，決心不遠千里追隨佳人而去，首先搭乘客輪的統艙橫渡大西洋，登岸之後又坐上一班移民列車穿越大陸。

對創作上來說，這段旅程固然豐富了許多本書的素材，但於健康狀況卻是明顯的大不利。再加上抵達舊金山後所遭逢的千辛萬苦，終於導致原本就不太結實的身體進一步惡化成結核病，幸經范妮悉心照料，才能使他免於客死異鄉。

一八八〇年，史蒂文生不顧家人反對迎娶范妮為妻，並攜她及她前次婚姻所生的子女返回蘇格蘭，不久得到家人的諒解，兩人的婚姻亦十分幸福美滿。

由於無法承受蘇格蘭嚴酷的天候條件，史蒂文生在返鄉不久即再度攜家帶眷，遍遊各地去追求健康。除了兩人結婚後的蜜月地點是在一座廢棄的銀礦場旁外，返鄉後再度告別家園的他們依次到過瑞士、法國南部、美國紐約州東北部的阿第倫達克山區。

最後在一八八九年來到地處熱帶的南太平洋區，包括《金銀島》在內的許多重要作品裡，都可以見到他將這些見聞、遊蹤融入其中的痕跡。

*

一八八三年出版的《金銀島》是史蒂文生筆下首部長篇故事，甫推出旋即一炮而紅。此後他又寫了不少散文、詩作和短篇故事，到了一八八六年，另一部緊湊有趣的長篇代表作《綁架》宣告問世。

抵達南太平洋區後的史蒂文生經過一番巡行，最後決定在薩摩亞群島中的一座小島上買下大片地產，偕同家人長期居住，並熱心投入當地事務。

在這裡，史蒂文生不僅廣獲當地住民的熱烈愛戴，困擾他大半輩子的健康狀況亦得到不少改善。只是在他心心念念仍掛記著自己的故鄉，於是那山陵群集、天荒地寒、古老而又蒼涼的蘇格蘭低地，再度走入他最後一部未完成的傑作《赫米斯頓水壩》裡。

對廣大的讀者而言，羅勃特·路易士·史蒂文生那令人愉快的談話式風格，流暢優雅的辭藻，始終是他的作品之所以能令眾人如癡如醉的原因。

殊不知他對於自己的寫作技巧一向有著相當嚴格的要求，十分在意作品的完美度，並執著於讓它們回歸到純粹的浪漫傳奇式蘇格蘭風格，迥異於當時盛行的寫實主義作家，將他們的作品導向社會、人生、思想行為之奧秘等等發人深省的、深沈的問題。

他強調的是——

愛一個故事需爲其故事的本身——

爲其遭遇中的樂趣，爲它永永遠遠活躍的精神。

一八九四年十二月三日，正當與人愉快交談中的史蒂文生突然中風。

據說，他是在到地窖取出一瓶他所喜好的勃根地美酒，回到廚房開瓶時，突然對著妻子大叫：「我怎麼啦？為何感覺這麼奇怪？我的臉變形了嗎？」

隨即驟然倒地，並在短短幾個小時之後與世長辭。這位長年受到結核病陰影威脅的偉大作家，最後死因是他從未料到的腦溢血。此時他才正值四十四歲的英年而已。

當地原住民們在史蒂文生與世長辭之後，親自抬著他的遺體，一刀一斧闢開一條小徑，將他送上唯雅山（Mount Vaea）山頂，並埋葬於此。

在那終年風吹不斷的山巔之上，他可以縱情馳目俯瞰太平洋海水。在他的墳頭，銘刻著一首他本人的詩作做為墓誌銘——

在浩瀚無際的星空下面，
挖掘墳地以容我長眠。
生是我歡，死亦欣欣然，
僅僅懷抱一願而躺下。
請為我銘刻這一段詩句：

「此人安眠於心所嚮往處。
漁人鄉園，海上歸來的故居，
也是山中返回的獵人之家。」

# 作者史蒂文生代表作

內陸之旅‘An Inland Voyage’（1878）

輕騎旅行‘Travels with a Donkey’（1879）

新天方夜譚‘New Arabian Nights’（1882）

金銀島‘Treasure Island’（1883）

黑箭‘The Black Arrow: A Tale of the Two Roses’（1883）

銀礦場的借居者‘The Silverado Squatters’（1883）

童詩花園‘A Child's Garden of Verses’（1885）

鄂圖王子‘Prince Otto’（1885）

化身博士‘The Strange Case of Dr. Jekyll and Mr. Hyde’（1886）

綁架‘Kidnapped’（1886）

矮林子‘Underwoods’（1887）

記憶與畫像 ‘Memories and Portraits’（1887）
困境 ‘The Wrong Box’（1888）
退潮 ‘The Ebb Tide’（1893）
大衛巴爾福 ‘David Balfour’（1893）
赫米斯頓水壩（未完成）‘Weir of Hermiston’

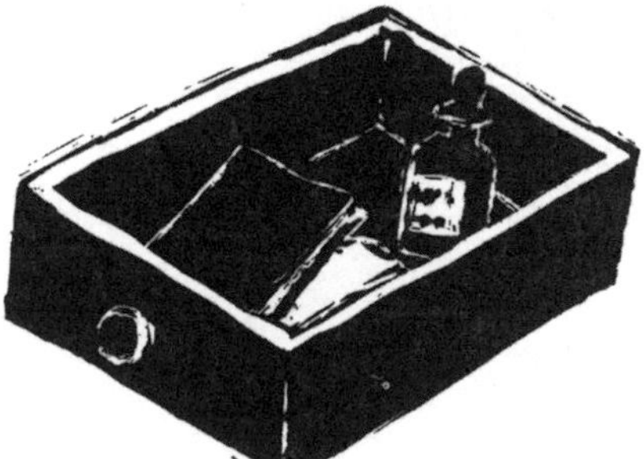

國家圖書館出版品預行編目資料

化身博士／R．史蒂文生（R. Stevenson）著
楊玉娘譯 -- 二版--
新北市：布拉格文創社，2023.05
面；　公分
譯自：Dr. Jekyll and Mr. Hyde
ISBN 978-986-316-911-6（平裝）

873.57　　113009239

**化身博士**

R．史蒂文生／著

楊玉娘／譯

【策　劃】林郁
【制　作】天蠍座文創
【出　版】新潮社文化事業有限公司
電話：(02)8666-5711
傳真：(02)8666-5833
E-mail：service@xcsbook.com.tw

【總經銷】創智文化有限公司
新北市土城區忠承路 89 號 6F（永寧科技園區）
電話：2268-3489
傳真：2269-6560

印前作業　菩薩蠻電腦科技有限公司
東豪印刷事業有限公司
福霖印刷企業有限公司

二　　版　2025 年 08 月